不可思議的丈夫&
甜蜜的同居生活

ふしぎな旦那様と
しあわせ同居生活

三萩千夜 著

涂紋凰 譯

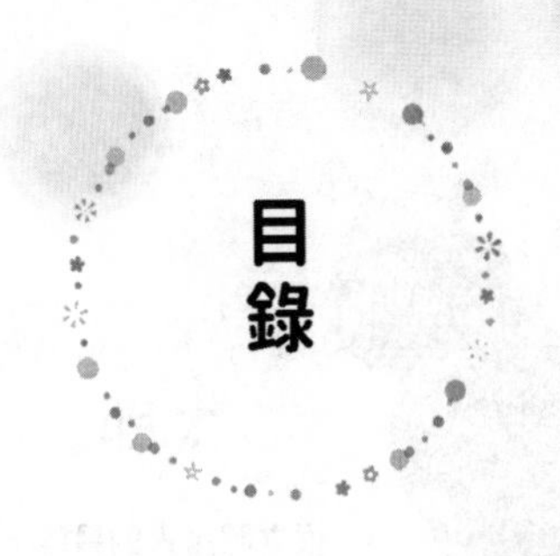

目錄

角色介紹

太郎

タロウ

很會照護人的黑貓，說話口吻像有學問的黑道大哥。桐谷的朋友。

小讓

ヅョー

元氣過度旺盛，吵吵鬧鬧的混混烏鴉。桐谷的朋友。

たかやまみづき

高山深月

在婚顧公司工作、逼近三十歲大關的單身員工。工作能幹，但日常生活頹廢，是個只要有人拜託就很難推辭的濫好人。

きりやみつる

桐谷充

帥哥魔法師。擁有擅長撒嬌的老么性格，但什麼都會。生日前一天倒在路邊，被深月撿回家。

前言✦契約結婚？

「高山深月小姐，為了讓我繼續當魔法師，請妳和我結契約婚。」

……頭好痛。剛起床的高山深月（二十九歲）按著額頭。

頭痛並不是因為昨晚喝得酩酊大醉。

但是如果說酒醉和頭痛完全無關，那一定是騙人的。然而，頭痛的真正原因的確不是宿醉，而且也不是因為頭撞到哪裡、中暑或氣壓、氣候引起的異常。

頭痛的原因很明確——

就是來自在深月所居住的公寓客廳，隔著茶几端坐的不知名帥哥和他那令人傻眼的發言。

無視因頭痛而哀號的深月，帥哥就像變魔法般，行雲流水地取出一張紙放在茶几上，而且他還以人類心目中俊美的手拿起來給深月看。

「——所以，要麻煩妳在這裡簽名蓋章。」

「等一下！」

深月果決地打斷表情認真、積極說明的帥哥。她並不是因為看到帥哥宛如藝術品般端正的容貌感到害羞，而是真心想叫他「等一下」。

深月深吐一口氣，揉揉疼痛的太陽穴後收起手。

……俊秀的臉孔顯得失望。

「深月小姐，妳昨天晚上明明說『好啊──』耶……」

這位帥哥擁有烏鴉羽毛般漆黑又帶點鬈翹的黑髮，以及黑曜石般的美麗眼睛。他的肌膚白嫩得像沒有曬過太陽，而他垂肩和緩緩眨眼的動作，令人覺得很像貓咪。

朝陽從忘記拉上的窗簾間透進來，讓他看起來更加耀眼。他的眼睛就像鎖住一片星空似地閃閃發亮。

如果還在半夢半醒的狀態，深月大概可以盯著他看一個小時，然後不自覺地悠哉幻想他穿著執事服的樣子。

然而，現在不是做這種事的時候。

「結婚？跟我嗎？」

「拜託妳回想一下。」

看著他瞇起眼睛似乎很生氣的樣子，深月強忍著頭痛開始回想。

這位帥哥是深月昨晚聚餐結束後，在回家路上遇見的男子。

正確來說，是撿回來的男子。

這絕對沒有隱含什麼可疑的意思，深月只是想救人一命而已。

公司聚餐結束後，微醺的深月走在回家的路上，這名男子就倒在路邊——而且就在深月的公寓前面。他神色憔悴，但又哭著說自己不想去醫院，而且剛好還下起這個季節常見的大雨，眼下別無他法的深月只好讓他進屋了。

只是這樣而已。

自己並沒有趁夜和這位帥哥生米煮成熟飯之類的……吧？至少深月沒有印象對方有什麼奇怪的舉動，如果有的話，他也早就被趕出去了。畢竟深月的原則是「可以喝酒，但不能醉倒」。

……不過，撿回這個傢伙，就表示昨天已經完全醉倒了啊。

「是、是說，契約婚姻是什麼意思？」

契約婚姻

深月認為，這是一種基於雙方利害關係一致而結婚的形式。

要結婚的兩個人必須先締結「婚前契約」，這種婚姻型態為了明確規範權利義務，有時也必須製作婚姻契約書，非常像商業買賣。

就這一點來看也可以說是策略婚姻，但是只考量夫妻之間的好處這一點又和考量家族利益的婚姻不同。

「……那個，我可以問一個問題嗎？」

深月一邊盯著眼前的「婚姻契約書」一邊問。

「可以，妳有什麼問題？」

「總之，你可以把剛才的話再說一遍嗎？」

「妳是說求婚嗎？嗯～真拿妳沒辦法。雖然我覺得這種話不能隨便說……不過，既然是救命恩人深月小姐的請求，只能照辦了。」

咳咳。帥哥一副難為情的樣子調整好呼吸，直直盯著深月看。

然後露出一點也不像是在開玩笑的表情，把剛才的一字一句重複再說了一遍。

「高山深月小姐，為了讓我繼續當魔法師，請妳和我結契約婚。」

第一章✦撿了一個魔法師回家

時間回到八個小時之前。昨晚，深夜十二點過後——

「啊～喝太多了……」

深月結束公司的聚餐後，拚命控制搖晃的腳步，走在回家的路上。

今天不小心就喝太多了。上次喝到這麼醉，應該是剛出社會的時候了吧？

明明自己平常都是扮演照顧其他人的角色，聚餐也總是在忙東忙西的時候就結束，所以一直到大家一起解散時，還是能清醒地回家。

「但是，這怎麼能不喝呢～」

深月因為一個人獨居養成自言自語的習慣，喝醉後就開始喃喃自語。

她在婚顧公司做行政職已經六年了。

為了彌補資深顧問的缺口，上頭只因為「製作資料或契約的時候，高山小姐最叫得動」這種理由，就把她調到顧問部門。那是去年夏天的事，深月到這個部門才剛邁入第二年。

然而，個性認真反而招來惡果，導致她成為上頭和下屬都會把工作丟過來的中堅管理職。

因此，平時就累積很多壓力。

而且，今天的聚餐真的很煩。

男性上司對她說了「妳要是結婚，簽約量應該就能增加了吧？」這種幾近性騷擾的話。已婚的屬下則是挖苦她：「高山小姐的顧問案件，不如由我來負責吧？」接著，她明明不想回答，卻要面對「妳沒男朋友嗎？」、「是不是眼光太高了？」的提問時間。簡直就是地獄。

順帶一提，她人生中唯一一個男朋友因為找工作時發生很多事而分手，而且那已經是八年前的事了。

「哈哈！根本就是多管閒事嘛……」

住在鄉下的父母每次打電話來，都會教訓她：「比起幫別人準備婚禮，妳自己應該要先結婚才對。」這種話她都已經聽到耳朵長繭了。

為什麼就連職場公司的人都要催婚呢？

「唉……有沒有人能照顧我啊……」

沒有月亮的漆黑夜空裡，深月脫口而出這句話。

像這樣喝醉也不會有人來接我，回家後家裡也空無一人，等著我的只有和這片夜空一樣寂靜而漆黑的房間。工作辛苦了、今天也很努力，好棒好棒……會說這種話安慰自己的人只存在大腦裡。

也就是，只有我自己而已。

現在是能夠謳歌單身主義的時代，大家的催婚言論根本就退流行了啊。畢竟深月甚至覺得，不用結婚也沒關係。

只是，有時難免會覺得寂寞。

尤其是看到幸福的家庭，或者像這樣獨自在夜裡回家的時候。話雖如此，她也不能說：「誰都可以，快跟我結婚吧！」

婚姻之中有戀愛之類的情感當然最好。

然而，沒有也沒關係，如果有人願意為自己做家事，而且互相不干涉生活，這樣也不錯。

「……怎麼可能會有這種好使喚的人。」

想像之後覺得空虛的深月，在昏暗的路上，對著空氣喃喃自語。

「實在太累了，才會去想這種蠢事，還像蠢蛋一樣喝了那麼多酒……啊——可惡……我真的蠢到家了……」

不只感受到自己內心的寂寞，還要承受周遭的人施加壓力。

這些事情加在一起，導致腦袋變得很混亂——回過神來，才發現今晚已經灌了一大堆酒。用這種方式牛飲還能保留一點理性已經是奇蹟，深月冷靜判斷自己的身體還有某個部分清醒。

「希望明天不要宿醉……嗯？」

深月突然在快到公寓時停下腳步。

因為她感覺到前方不太對勁。

仔細凝神一瞧——

發現照亮馬路的街燈之下，有個人靜悄悄地倒在地上。

「屍、屍體？」

是男的嗎？一動也不動耶。

在動的只有燈光下交錯飛舞的小蟲而已。

（……怎、怎麼辦？）

應該是要直接報警，不過，到底該怎麼說明狀況啊？

就在深月站在遠處觀察、腦袋裡出現各種煩惱的時候。

「嗚……救救……我……」

倒在地上的人發出呻吟的聲音。

「不會吧？還活著嗎？」

深月慌慌張張地跑過去。

如果是平常的話，或許會有所防備地慢慢靠近。不過，今晚的深月好像因為酒精的關係，導致腦袋有點問題。天生愛照顧人的個性在沒有任何控制的狀態下發動，讓她覺得「要趕快救人才行」。

「你、你沒事吧？」

深月這樣一問，男子微微張開眼睛。

一瞬間，深月的心臟漏跳一拍。

因為對方是個足以讓人瞬間從酒醉中清醒的驚天帥哥。

不過，他的身體狀況似乎非常糟糕，原本就白皙的皮膚毫無血色，顯得非常蒼白。這樣的神色，營造出薄命美男子的氛圍，令人無法丟下不管。

「我很有事……覺得……很不舒服……」

「你怎麼了？是生了什麼病嗎——難道是有人肇事逃逸？」

「都不是……」

「那怎麼會這樣？」

「說來話長……抱歉，現在不是說這些的時候……」

男子含糊的說明，讓深月覺得很頭痛。

怎麼辦，這樣還能移動嗎……她還在觀察的時候，男子便吃力地起身。

男子嘴裡吐出熱氣的樣子，不知道為什麼讓人覺得很性感。那一瞬間，深月忘記當下的狀況，模模糊糊地看得出神。

不過，她很快就清醒了，告訴自己現在不是做這種事的時候。

「總、總之我先叫救護車吧。如果身體不舒服，還是去醫院看醫生比較——」

「等、等一下！」

「呀！」

深月尖叫了一聲。

因為男子抓住深月拿出手機的那隻手。

而且在超近的距離下，他露出懇求的眼神。

那雙眼睛讓深月不得動彈。

啊，好像要被吸入星空一樣——

一瞬間，深月心裡浮現這種詩一般的感想。

不過，下一秒男子就朝自己倒下，深月嚇了一跳把人推開。

「等等，你幹什麼啊！住手……我要叫警察了喔！」

「不可以……我討厭警察……也討厭醫院……好可怕……」

靠在深月身上的男子用無力的聲音這麼說。

滿臉通紅的深月聽到這句話也愣住了，最後放棄掙扎。

「身體不舒服怎麼能說這種話？先不說警察，你應該去醫院比較好。」

「不要，我會怕……去醫院我會死……請不要叫救護車……」

深月目瞪口呆，因為男子開始抽抽噎噎地哭了起來。

雖然以前也看過女生哭的樣子，不過，看到應該已經成人的男性哭，深月這還是頭一遭。而且，帥哥就算哭喪著臉，也還是帥啊！

「呃……那要怎麼辦？啊，我幫你叫計程車如何？」

「我無家可歸啊……」

「你有難言之隱啊？嗯……那果然還是得報警。」

「不要啊～我不是什麼罪犯啦……」

「你這樣說，我也沒辦法啊……」

深月維持蹲姿聳了聳肩。

還是沒有結論。不過，他繼續倒在家門口也不是辦法。

「那個……可以給我……喝點水嗎……」

看著聲音沙啞的男子，深月很擔心，心想他是不是中暑了。

正當深月心想，是不是先不要管那麼多直接叫救護車再說，但又不想因此被怨恨的時候，男子接著說：

「過凌晨十二點就是我的生日了……沒有水也沒關係，請給我點什麼吧……」

「……什麼啊？這是什麼意思？」

這是在要禮物嗎？在這種狀況下？

這個奇怪的請求，反倒讓深月放鬆下來。

「你生日啊？」

「對……就快滿二十五歲了……」

男子比深月還小四歲。聽到他的年紀，深月湧起一股同情心。

至少讓他喝點什麼吧……雖然有這種想法，但附近沒有便利商店，也沒有自動販賣機。家裡是平常就備有感冒時能喝的運動飲料，不過……

「……我知道了，我去拿飲料來給你。是說，你可以放手了嗎？」

深月對倒在地上仍抓著自己裙襬的男子說。

「不要丟下我……我不想一個人……」

「什麼啦！超麻煩的……呃，該不會是下雨了吧？」

一滴、一滴又一滴，大顆的雨滴落了下來。

遠方的天空傳來隱隱雷鳴，還瞬間出現閃電。

話說回來，今天本來就有颱風登陸。深月看著突然轉強的風勢，想起這件事。今天這一帶應該整晚都會狂風暴雨。

這種時候如果躺在路邊，不知道會怎麼樣……

「……那個，你能走到那裡嗎？」

幾顆大雨滴落下後，深月無奈之下決定帶這名男子回家。

這並不是因為被帥哥蒙蔽雙眼。

而是放著不管，這名男子就會倒在風雨之中。

在這種狀態下，實在沒辦法放著他不管。既然無法置之不理，那就趕快結束現在的狀況吧！

好想趕快躺在床上，抱著棉被睡覺……

這種心情戰勝了危機感。深月差點喝到掛的酒醉感似乎還很重。好累，煩死了，趕快收拾眼前的狀況吧，我已經累了……

「那個，我叫做桐谷，請叫我桐谷就好……」

深月用肩膀撐起他的時候，男子報上姓名。

這個自稱桐谷的男子個子很高，比深月高出一個頭以上。因為他站都站不穩，所以身體的重量都壓在深月的肩膀上。

因為對方已經報上姓名，深月也回應：「我叫深月。」包鞋的鞋跟幾乎要被踩歪，深月仍然忍著硬撐起桐谷。

「深月、小姐……」

桐谷在耳邊喘息似地喊著自己的名字，讓深月的心臟又漏跳一拍。

冷靜，這種狀態就叫不省人事。

如果是平常的話，深月一定會理性提醒自己，也會喚醒迴避危險的天生直覺，但現在這兩種機能都停止運作了。看樣子，這些機能已經早一步前往夢鄉了。

深月半拖半拉地撐著桐谷走向數公尺外的自宅。

深月單手打開玄關門，把桐谷拉進公寓裡。

這是一間屋齡還很新的一室一廳套房。

可能是因為距離鐵道很近，所以房租比附近便宜，是個划算的租屋處。一個人住的話空間很足夠，有客人來也不會顯得狹窄。

「你如果輕舉妄動，我就報警。」

深月雖然這樣說，但桐谷已經筋疲力竭到不需要威脅的地步。

深月心想如果狀況真的不妙就叫救護車，但同時也拿出放在冰箱裡的運動飲料，然後遞給躺在沙發上的桐谷。打開空調的客廳，比室外舒服多了。

「你這樣有辦法喝嗎？是說，你有辦法起身嗎？」

整個頭部埋在靠墊裡的桐谷，愣愣地張開眼睛，虛弱地點了點頭。

桐谷搖搖晃晃地伸出手，接過寶特瓶之後，沉重地撐起身體喝下運動飲料。

他慢慢小口小口地喝，就像用小酒杯喝日本酒一樣。

看著這一幕，深月的眼皮變得越來越重。

風雨敲打窗戶的聲音，加快前往夢鄉的速度。屋外已經狂風暴雨了。

（話雖如此，讓陌生人踏入亂七八糟的房間實在是……）

深月環視自己的房間後感到一陣悔意。

直截了當地說，房間裡的狀況很慘烈。

空罐和便利商店的熟食餐盒全都擠在客廳的桌上。不只如此，還滿到連地上都是。本來應該要丟垃圾桶的，但垃圾桶早就被塞滿，垃圾都要掉出來了。

房間裡的一隅，洗好晾乾的衣物沒有摺疊收納，直接堆成一座小山。更衣處的洗衣籃，堆滿一週末洗的衣物。用完的餐具沒洗就放在流理台，而且還放了好幾天。

最後一次打掃究竟是什麼時候的事啊？在這種慘況之下，還沒有出現黑亮的蟲蟲，簡直就是奇蹟。

（其實已經不能用慘烈來形容了……）

再度了解到現狀之後，深月不禁出神。

以獨居女人的房間來說，這實在不是能光明正大讓別人參觀的狀態。雖然是不需要在意人際關係的陌生人，但這種差一點就要變成垃圾屋的房間，也不能見人啊！

（可是我工作忙到沒辦法打掃啊！再說，也沒人會來家裡……）

正當深月在心裡為自己找藉口的時候……

「啊……得救了……」

喝掉半瓶運動飲料的桐谷，嘆息般地這樣說。

現在的他，應該沒有餘力在意房間的慘況。他並沒有好奇地環視屋內，而是搖搖晃晃地撐起身體，在沙發上坐好，然後深深低頭鞠躬。

「真的很感謝妳。」

「已經沒事了嗎？」

深月這麼問，桐谷便安心地點點頭說：「嗯，總算復活了。」

「那真是太好了。」深月也鬆了一口氣，整個人放鬆下來。

睡魔就像外面嘈雜的颱風一樣，勢力突然增強。

「託妳的福我才沒死。我很想回禮，但不巧手上沒什麼東西能給妳。」

「不客氣……你沒事就好……」

「……那個，妳該不會是睡著了吧？」

「我非常想睡，但還沒睡著……」

「我認為妳在陌生男子面前，應該要警戒一點才對。」

「是啊……既然你也這麼想，那就請回吧。」

「但我無家可歸啊……」

「你剛才也這樣說，所以意思是要我整晚都不睡嗎？」

「妳不用在意我，睡著也沒關係。」

「我有關係啊……呃啊……」

實在忍不住，深月還是打了個哈欠。

不行了。視線變得模糊。

已經撐不了十分鐘了。被窩在呼喚我……

開始打瞌睡的時候，桐谷出聲說話。

「那個，深月小姐。」

「什麼？你終於要走了嗎……」

「不……不是，我有話想說。就是啊，今天是我生日，所以……」

深月望向時鐘，發現已經過凌晨十二點了。

視線回到桐谷身上時，他一副等著什麼似地微笑著。

「啊……祝你──生日快樂──」

「呵呵呵，謝謝妳。哎呀，真開心～突然恢復活力了呢。」

雖然深月覺得說變就變也要有點限度，但他的臉色比起稍早的蒼白，的確已經明顯恢復血色。

雖然薄命的美男子也不壞，但還是健康一點比較好，所以深月並沒有因此感到不愉快。

「我實在是睏到不行……請你長話短說。」

雖然覺得自己也是說變就變，但深月還是決定聽聽他的願望。

「太好了！這個嘛……其實，我如果說出來，妳可能會覺得我是個怪人，但是……」

「沒關係……你倒在路邊的時候……我就已經覺得你很奇怪了。」

「說得也是耶。」

桐谷哈哈笑道。

調整呼吸之後，他真的說出很奇怪的話。

「其實，我是……魔法師喔。」

聽到這句話，深月沉思了數秒。

因為一瞬間沒能理解剛才那句話的意思。

魔法師……魔法師……

「……你的頭沒事吧？」

「妳這種反應很正常，但我現在頭腦很清醒喔！」

「那個……你倒下的時候，會不會在哪裡撞到頭了啊……」

「我沒有撞到頭，就像平常一樣，很正常喔！」
所以請妳放心，桐谷苦笑著補了一句。
「對了，說到我倒下這件事……」桐谷像是想起什麼似地，接著繼續說。
「剛才我會倒在路邊，其實是因為已經用盡魔力才會這樣。」
「用盡魔力……」
「因為我用了魔法。我用光剩下的魔力，使了一個大魔法。」
「使了大魔法……」
深月不自覺地重複他的話。
她現在滿腦子只想著鑽進被窩，除了重複他說的話之外，實在也不知道該怎麼反應。不過，如果是在沒喝醉也不想睡的狀態下，可能也還是會有一樣的反應吧。
「嗯，你是魔法師啊……然後呢？」
不知道是不是進入睡眠模式之後，大腦就呈現節能狀態，深月回應他的方式已經越來越隨便。
相對而言，桐谷反倒是眼神一亮，接著說：「妳願意聽我說下去對吧？」他這個反應，表示之前一直沒人願意聽他說。即便是大腦無法運轉的深月，也覺得他有點可憐。
「該從哪裡開始說才好呢……啊，對了，我還沒解釋魔法師到底是什麼對吧！那就從這個開始講好了。」

「好啊。」

「這個嘛，所謂的魔法師，就是可以使用魔法的人。」

「完全和字面上一樣啊。」

「那個，妳躺著聽也沒關係喔！」

「你不用管我……就算我再怎麼醉或者再怎麼想睡，我都不會輕忽大意的……」

話雖如此，深月已經連撐起身體都很吃力了。

她決定把手肘放在桌上，然後撐著下巴。

雖然知道這不是要聽人講話的態度，但畢竟是對方硬要說，她是無可奈何之下才勉強聽的。所以，他要是對自己的姿勢有什麼意見，只是徒增困擾。

「然後，所謂的魔法，就是一種奇蹟。奇蹟又分『看得見的奇蹟』和『看不見的奇蹟』兩種。前者是一般人所認知的魔法，譬如移動物品、讓花盛開……雖然不能做什麼太誇張的事，但努力一點也能凌空飛起來。不過，引發的奇蹟和消耗的魔力成正比，所以也不能亂來。」

有種電動遊戲或奇幻故事的感覺呢。深月迷迷糊糊地這樣想，但眼皮終究還是闔上了。

已經呈現半夢半醒的狀態。

這是大學的講座嗎……有魔法講座這種東西嗎……話說回來，現在幾點了？我在哪裡？是誰在講話啊……

「後者就是肉眼看不見的奇蹟……這是一種干涉命運、緣分的魔法，譬如說影響命運的紅線之類的。不過，這是很重要的事，不能輕易改變，所以需要消耗大量魔力。使用這種魔法就會像我剛才那樣，整個人不支倒地——咦？深月小姐？妳還醒著嗎？」

桐谷終於注意到完全沒有回應的深月。

「妳已經睡著了嗎？」

「沒有……我……還沒睡著……」

深月雖然這樣回答，但她只是在回應夢境中的教授而已。我絕對沒有打瞌睡，我有好好聽課……

「在這裡睡著的話，會感冒喔。」

「嗯……」

「要不要去床上睡？」

「嗯……」

「那我就失禮了。嘿咻。」

耳邊聽到這句話之後，深月感覺到身體輕飄飄地浮了起來。

輕飄飄、輕飄飄，好舒服喔。

而且，還很溫暖。感覺暖烘烘的。

不需要在意任何人，也不需要在意工作的事、擔心醉倒的同事，可以隨心所欲地喝酒，然後直接鑽進被窩……好懷念的感覺啊……

「妳可以繼續聽我說完嗎？」

那是教授嗎？還是上司、同事、屬下？客戶？雖然不知道說話的人是誰，但深月還是回答：「好。」

◆◆◆

經過一個晚上——隔天早晨。

「嗯……天亮了？」

穿透窗簾的朝陽，喚醒了深月。

她邊打哈欠邊起身，然後舒服地伸了個懶腰。

大概是因為昨天喝得酩酊大醉吧？回家路上的記憶，已經完全消失，真是可怕的斷片。不過，隔天沒有宿醉，早上整個神清氣爽。

「好，今天就久違地來打掃吧——」

昨天回家之後就直接睡著了，先洗個澡讓身體清爽一點吧！深月心情愉悅地下床，然後踏著輕快的步伐走向客廳。

踏入客廳之後，身體瞬間凍結。

「……咦？」

消失了。

到處堆滿垃圾、令人慘不忍睹的骯髒房間，消失了。

取而代之的是閃耀著清晨陽光、宛如新建樣品屋般的客廳。

「啊，深月小姐，早安。」

嚇得全身僵硬的深月，聽到這個聲音倒抽了一口氣。

她發現沙發上坐著一名陌生的帥哥。

陌生的……不對，等等，我好像認識他……看著眼前和客廳一樣沐浴在朝陽下，顯得閃閃發亮的帥哥，深月昨晚失落的記憶彷彿拼圖一樣漸漸湊齊。

「不、不對不對不對！你、你為什麼在這裡？」

深月的反應讓帥哥不停眨眼。

「為什麼……妳該不會什麼都不記得了吧？」

「不、不是，我記得啊！」

現在正在回想中呢！

昨晚是公司聚餐。難得喝到酒醉，一回家就看到門前倒臥著一名帥哥。因為對方直說不想去醫院，所以兩人爭論了一番，然後就下起大雨。無奈之下，她只好讓對方進家門，還照顧了人家。帥哥說他生日，所以聽他說出自己的願望。聽著聽著，就越來越想睡——聽到一半就睡著了。

一不小心就睡著了。

而且還是在陌生男子面前。

是說，竟然還讓陌生男子，進自己的家門。

「……難道，我是笨蛋嗎？」

因為對自己太失望，深月低聲這麼說。

「深、深月小姐？」

「虧我還一副高高在上的樣子，教訓妹妹『要小心奇怪的男子』、『絕對不能趁酒醉做蠢事』之類的話，結果我自己卻這副德行，我真的是蠢到家了……」

「別這麼說，妳昨天看起來很累，而且人生之中有幾次這種日子也很正常……」

「一點也不正常。就算你覺得正常，我也不這麼認為。我的原則明明是『可以喝酒，但不能醉倒』啊……」

面對安慰自己的帥哥，深月不禁用雙手掩住自己的臉。

真的無顏面對妹妹和家人，也無顏面對眼前的帥哥。沒卸妝就直接睡著，剛起床的樣子怎麼能見人。

「……那個，我可以先去沖個澡嗎？」

「嗯，去吧。」

遮著臉問話的深月，聽到回答便跑向浴室。

◆◆◆

——接著，回到現在。

有人向深月求婚。

而且，根據帥哥桐谷的說法，昨晚深月就已經答應了。

如果屬實，那她真的是笨到家了。

深月對這一點還算有自覺，也向桐谷說明自己是在毫無責任感的狀況下才會答應。

「……對不起，我應該是在說夢話。」

桐谷聽到深月這句話，好像真的很受打擊。

看到他一臉沮喪，深月雖然覺得很抱歉，但同時也鬆了一口氣。

總之，他看起來不是壞人。應該是說，他不是趁自己睡著時亂來的人，真是太好了。

「怎麼這樣……深月小姐，我把妳移到床上的時候，妳明明就說得很清楚……」

「啊，我不記得自己怎麼上床的，原來是你幫忙的啊。真的很感謝你，可是……」

「我很努力公主抱呢！」

「公主抱？」

想像一下那個畫面，深月就臉紅了。

她還是第一次被人公主抱。

是說，她根本沒想過這種事情會真的發生在現實世界。

「這、這該怎麼說呢……一定很重吧，真是抱歉……」

「不，不是的。我想說的是，就是那個，契約婚姻的事。」

「等等，到底為什麼會談到這個？」

「總之，妳完全不記得移到床上之後的事情了對吧？」

深月縮著身子對一臉遺憾的桐谷說：「對……」

雖然很丟臉，不過被求婚的時候，深月都一直處於夢境之中。姑且不論對方是誰，這都是人生第一次的大事，自己卻渾然不覺。

「那我再說明一次，我是一名魔法師。」

「我睡著之前有聽你說過……等等，你是認真的？」

深月一臉狐疑地問，桐谷則是嚴肅地回答：「當然。」

「嘴上說說妳應該不會相信我。」

「當然啊……什麼魔法師之類的，我以為是自己睡迷糊了才會聽錯。不對，我現在可能也還沒清醒。」

「那就先喝杯咖啡，讓頭腦清醒一下吧！」

「喝咖啡啊……那還不是我要去泡……」

「不，我來——應該是說用魔法泡。」

說完，桐谷就用食指指向廚房，彷彿指揮家一樣揮動。

毫無用武之地的廚房呈現一字型配置，所以坐在客廳沙發上的深月也能看得一清二楚。

首先，電熱水壺浮在半空中。

像氣球一樣，輕飄飄地飛向流理台。

接著，水龍頭自動打開，將水注入電熱水壺裡。注滿水的水壺，回到固定的位置，喀嚓一聲打開煮水的開關。

旁邊的濾掛咖啡包已經開封，並且掛在櫥櫃裡自動跳出來的馬克杯上。

「其實我是想從磨咖啡豆開始啦！啊，這裡也順便收拾一下。」

放在桌上的馬克杯輕飄飄地浮起來，飛向流理台。

接著，和累積在流理台的髒碗盤一起，以起泡海綿清洗乾淨。

「什、什麼？這是……怎麼回事……」

呀啊啊啊——深月陷入混亂。

在喝咖啡之前，她的腦袋就已經完全清醒了。

「深月小姐，要加奶精和糖嗎？」

正想著自己或許還在作夢的時候，桐谷一臉得意地這麼問。

「不用，我喝黑咖啡……不對，那個……這個是……」

深月戰戰兢兢地問，桐谷輕輕一笑。

「這就是魔法。昨晚深月小姐給了我魔力，所以已經恢復到可以辦到這些小事的程度。這樣妳能相信我了嗎？」

面對桐谷的問題，深月沉默地站起來。

她直接走向廚房，確認那些餐具飛來飛去的狀況。

（究竟是怎麼回事？會不會是有什麼看不見的線在拉扯……）

「這可不是什麼障眼法喔！」

正當深月在泡泡滿天飛的廚房中沉思時，坐在桌前的桐谷自信滿滿地這麼說。飄著咖啡香氣的馬克杯，就這樣飛到疑惑的深月面前。

深月接過咖啡之後，桐谷再度露出微笑。

「妳相信我了嗎？」

「大概吧……我還沒完全相信就是了……」

雖然還沒完全接受，但深月還是認同了桐谷說的話。

她捧著馬克杯，回到桐谷身邊坐下。既然看到這麼不可思議的景象，就沒辦法全力否定了。

「那接下來要從哪裡開始說好呢……妳還記得魔法那一段嗎？」

桐谷這麼一說，有點恍惚的深月為了冷靜下來而喝了一口咖啡。

話說回來，在家喝別人泡好的咖啡，這好像是第一次。深月內心有一股不符合現實的感想，彷彿流理台上的泡泡般浮起。

昨晚的記憶緊追在後似地，跟著一起浮現。

「我記得好像有聽到能夠操控命運的紅線，但是需要消耗大量魔力之類的話……」

「原來如此，那就從這裡開始說明好了。我也來喝杯咖啡。」

另一個杯子輕飄飄地飛了過來。

桐谷接過杯子的時候，深月的心裡再度浮現不合時宜的感想——像這樣一早就和別人一起喝咖啡也是第一次呢。日常和非日常完全混雜在一起，她感覺頭腦好混亂。

「能像我們這樣使用魔法的魔法師，只占全部人口的萬分之一左右——也就是說，一萬個人裡面只有一個魔法師。」

「好像不少啊。如果有這麼多，感覺應該會變成依賴魔法師的社會才對。」

回想剛才看到廚房裡的景象，深月這麼認為。

不需要移動也能泡咖啡、洗碗盤，非常方便啊！就連深月自己都覺得，如果可以的話她也想用用看。

「這個嘛，魔法師是不能任意使用魔法的。」

「是這樣嗎？」

深月歪著頭，桐谷的臉色微微一沉。

「魔法師擁有世界之愛，所以直到二十五歲為止，大自然會提供一定程度的魔力……不過，基本上必須遵守『為某人或某事使用魔法』的規則才行。所以使用魔法時需要的魔力，也必須由自己以外的某個人提供。魔法師是靠『給予』才能成立的存在。」

「這樣啊，還有這種……咦？可是你已經過完生日，滿二十五歲了對吧？」

「是啊，其實我……」面對深月的疑問，桐谷垂下肩膀接著說道。

「滿二十五歲的那一瞬間，大自然就會停止供給魔力，所以必須由其他人提供魔力才行……昨晚深月小姐給了我魔力，所以我才恢復精神的。」

「我給你？給你魔力嗎？」

「是。所謂的魔力就是生命力，也就是——不，這有點害羞，還是別說了。」

「害羞嗎？為什麼？」

「呃，這個……妳不必在意。」

桐谷含糊地回應深月的問題。

接著，他咳了咳，一副重振旗鼓的樣子繼續說下去。

「總之，當時深月小姐給了我魔力，託妳的福我才能像這樣起身。」

「生命力……你該不會是吸走我的壽命吧？」

「魔法師並不是這種負面的存在。魔法可以讓人幸福，但無法讓人陷入不幸。」

桐谷苦笑著否定，深月這才放心地說：「那就好。」

「所以啊，現在才要進入正題。」

剛剛那些都不是正題嗎？深月挺直腰桿繼續聽。

「二十五歲之後，我們為了繼續使用魔法，需要找到給予自己魔力的人，也因此需要用這張『婚姻契約書』來證明契約婚姻的關係。」

桐谷在桌上亮出文件。

那是寫著「婚姻契約書」的一張紙。

「也就是說，我希望深月小姐能夠在這份文件上簽名，和我簽約，成為持續提供我魔力的人。」

「等一下、等一下！」

深月慌忙阻止他繼續說下去。

在目瞪口呆的桐谷面前，深月打斷這個自己未能理解的話題，接著問：

「契約婚姻是什麼意思？」

「是這樣的，除了一般婚姻關係之外，還要成為我的魔力提供者。」

桐谷一臉認真地說，然後讓一枝筆飄到深月面前並告訴她：「只要在這張紙上簽個名就可以了。」

深月突然伸手握住筆，然後放在桌上。

「這個……和我知道的契約婚姻不太一樣。而且，現實生活本來就不會出現魔法師……再說了，這種婚約對你有利，但對我沒有好處啊。」

「好處，當然有啊。」

這次換深月目瞪口呆。

「有好處嗎？」

「有啊。應該是說，深月小姐不是已經答應我了嗎？我說『和我締結契約婚姻的話，就能用魔法實現妳的願望』的時候，妳說『那好啊』。」

「那絕對是在說夢話啊……」

「不過，我問深月小姐想實現什麼願望的時候，妳有明確地說出願望喔。所以，我才會覺得妳意識清醒。」

「咦？我嗎？我有說嗎？」

當時應該已經完全睡死，深月對這件事一點印象也沒有。

自己到底說了什麼願望？畢竟已經失去意識，很可能說出奇怪的話。

「那、那個……我許了什麼願啊？」

看著焦慮到滿身冷汗的深月，桐谷瞇起眼睛。
「這個嘛，到底是什麼願望呢？」
「呃，你不能回答是嗎？」
「倒也不是。不過，這是深月小姐的提議，所以請妳自己回想起來。」
撇頭往其他方向看的桐谷，有點像在鬧彆扭。
「呃……會是什麼願望呢？許願中樂透或者拿到石油王的帳戶嗎？」
「如果可以這樣做的話，全世界的人都會許一樣的願望。」
「說得也是。那應該是讓工作變輕鬆？不對，應該有三個願望，一般來說應該是這樣……吧？」
深月認真煩惱時，桐谷噗一聲笑了出來。
「……什麼？」
「不，不是這種願望。不過，妳的願望更可愛。」
桐谷的眼神很溫柔，讓深月不由得錯開目光，感覺就像昨晚相遇的時候一樣心跳加速。
「可、可是，突然說要結婚什麼的，我很困擾。」
「深月小姐不是想要『好使喚的結婚對象』嗎？」
「咦？」

桐谷面帶笑意並瞇起眼睛看著瞬間凍結的深月。

「妳不想被周遭的人催婚對吧？如果有個能介紹給周遭的人認識，又能幫忙做家事，不干涉彼此生活的對象，妳就願意結婚對吧？」

「……你、你怎麼知道……」

「深月小姐睡著的時候，非常誠實喔。」

深月覺得一陣頭暈眼花。

自己到底對桐谷說了多少廢話啊？

「要不要把我當作好使喚的結婚對象呢？」

深月覺得這是非常有魅力的求婚台詞。因為，周遭催婚的壓力的確讓她覺得很痛苦。

「……可是，你很可疑，又很奇怪……」

「但妳不討厭我吧？」

「嗯，畢竟你長得帥？」

「只有長得帥這一點吸引妳雖然很讓人失落，不過深月小姐不討厭我的長相，那我就放心了。個性的話，之後可以慢慢磨合，畢竟第一印象也很重要啊。」

「我並沒有接受慢慢磨合的提議耶。」

聽到深月這麼說，桐谷就僵住了。

他剛才應該是想朝著這個方向導出結論吧。

「……哎呀……」

「哎呀？」

「我一定會派上用場的！」

桐谷為了推銷自己，將身子整個探出桌面。深月嚇了一跳，馬克杯因此從手中滑落，但在咖啡灑出來之前，杯子就輕飄飄地浮了起來。

「哇，好方便喔……」

「對，沒錯！就是很方便！我不管是做飯、洗衣、打掃都可以包辦！保證可以大力幫助深月小姐提升生活水準！所以，請和我結婚吧！我真的無家可歸！」

「……最後那一句才是你的真心話吧？」

「最後一句『也是』真心話。」

「你可不能騙人。」

「如果要成為夫妻，沒有任何隱瞞是基礎。拜託妳，深月小姐……」

像個哭鬧的孩子一樣，桐谷淚眼汪汪地對深月這樣說。

「如果我拒絕呢？」

「那我會纏著妳，直到妳答應為止。如果是這樣的話，我還會追到妳的夢裡。」

「什麼啊，好恐怖……那我如果答應呢？」

「我會讓妳幸福的。」

雖然只是一句話，但深月覺得，這樣太卑鄙了。

對方是昨晚才剛認識的陌生人，明明完全不了解自己，為什麼偏偏說出這種最動搖人心的話呢？

該不會是什麼結婚詐欺師吧——在話說出口之前，深月抿起嘴。

萬一他真的是詐欺師，這樣問他也不會承認啊。這個問題，問了也是白問。

也就是說，要不要相信他，其實就看自己怎麼決定……

「……你有查過怎麼和無固定居所的人結婚嗎？」

「咦？妳的意思是——」

「你別高興得太早，馬上結婚是不可能的。我們才剛見面，一個晚上就正式結婚，就算再怎麼糊塗也要有個限度……所以，不如改用『訂婚』的方式，你覺得怎麼樣？」

雖然難以置信，但還是想試著相信他。這就是深月的答案。

深月說出口的瞬間，桐谷眨了好幾次眼睛——最後終於露出開朗的笑容。

「謝謝妳，深月小姐！」

「……訂婚是可以取消的喔！」

「我知道。」

原來他知道啊？深月稍微安心了一點。看來自稱魔法師的他，還算有常識。

「如果是訂婚的話，就不用簽婚姻契約書了吧？」
「對，等妳願意正式和我結婚的時候再簽就可以了。不過，那個，雖然是訂婚……但是……可以同居……」
「都交給我吧！全都包在我身上！」
「如果你願意包辦所有家事的話。」
「還有，不能干涉我的生活。」
「這我可以保證！我會盡全力支援妳！」
「……那好吧，就這樣決定了。」
聽到深月的回答，桐谷像少年一樣開心地大喊。
受到他爽朗笑容的影響，深月也不禁跟著微笑。之後再度看一眼契約書，才發現一件事。
紙張上理所當然地有填寫姓名的欄位。
「對了，話說回來，你還沒告訴我你叫什麼名字對吧？」
「啊，這麼一說的確是如此。真是抱歉，我都忘了。」
「沒關係。不過，魔法師還是有名有姓呢。你姓什麼啊？」
聽到深月的問題，桐谷疑惑地眨了眨眼。
「你這是什麼反應……」

「那個，我姓什麼，深月小姐應該知道啊。」

他很困惑地這樣回答。

「咦？該不會是在我睡著的時候說過吧？」

「不，不是的。我姓桐谷，桐木的桐，山谷的谷。」

出乎意料的回答，這次換深月眨了眨眼。

「原、原來是這樣啊，我還以為是名字……」

「名字是充，桐谷充。昨天我只有報上姓氏，不過深月小姐已經不是陌生人了，而且我們的關係緊密，今後可以用名字稱呼——」

「我還是叫你桐谷就好。」

深月馬上拒絕，桐谷顯得驚慌失措。

「呃，為、為什麼？」

「總覺得發音和我的名字很像，太麻煩了，而且已經叫習慣了啊。」

「呃……可是用字完全不一樣，以後每天叫名字的話，就會慢慢習慣……」

「不要，我就叫你桐谷。」

本來以為對方是報上名字，所以深月也跟著報上自己的名諱。雖然是自己誤會，但總覺得不甘心。

看樣子桐谷很想要深月用名字稱呼自己。

他像是在抗議一樣，一直盯著深月看。不過，他似乎發現深月沒有要讓步的意思，只好垂頭喪氣地放棄。

「那等妳回心轉意的時候再用名字叫我，那也會化為我的魔力。」

「所以，所謂的『魔力』到底是什麼？」

「那是很令人害羞的事情，所以我要保密……」

不知道為什麼，桐谷害羞到拒絕回答，深月也放棄繼續追問。

不過，深月也像桐谷一樣，告訴他：「那等你回心轉意的時候再告訴我。」

「嗯。能說的時候，我會告訴妳。」

說完，桐谷笑著向深月伸出手。

「今後請多多指教，深月小姐。」

雖然有點害羞，不過兩人依然彼此握手，深月也回答：「請多多指教。」

疲於應付現代社會、邁向三十歲大關的女子和謎樣的帥哥魔法師。

兩個人不可思議的同居生活，就這樣悄悄拉開序幕。

第二章✦魔法師的朋友

位於東京都內的婚顧公司——正是深月工作的地方。

工作內容主要是協助結婚事宜。

其實就是類似婚介所的地方，因為也有營運聯誼活動，所以員工超過百人，還有好幾個部門。

深月現在在該公司擔任婚顧專員。

之前也提過，她轉任婚顧專員才第二年。然而——

「高山，這個月的入會人數怎麼樣？還有，這次要辦的幹部研習——」

「高山小姐，電腦怪怪的耶，顧客的資料都抓不到怎麼辦？」

「高山小姐，幫幫我！剛才顧客打電話來投訴——」

除了服務會員的婚顧專員工作之外，上司、同事、屬下都會像這樣無止境地找她解決各種社內雜務。

本來是要有一定程度實績的員工才能擔此重任。

但是單看在公司工作的年份，深月比同事和屬下都資深，而且前任的婚顧專員本來就是部門的幹部，所以她就這樣順勢被推上幹部的位置。

因此，對深月來說，這個職場已經變成忙到翻的戰場。

其實，她甚至有想過要不要乾脆辭職。不過，因為還有調職申請這一縷希望，所以她決定再稍微撐一下。

只是到職第三年的時候提出的調職申請，似乎完全沒有被當成一回事。

◆◆◆

現在變成婚顧專員的深月，一開始其實是擔任行政人員。

因此，交情好的同事兼朋友都在以前所屬的部門。

海野明美和河合陽菜就是其中之一。

海野明美（三十歲）離過一次婚，現在單身而且無男友。

她有時候會看著遠方說：「婚姻就是人生的墳墓……」

河合陽菜（二十八歲）未婚，不過和明美一樣單身而且無男友。

雖然受異性歡迎，但本人毫無結婚的想法，是個讚揚不婚的單身貴族。

這兩位女性友人的思想都無法大聲介紹給那些來婚顧公司的客人，不過，深月和這兩個人馬上就成為酒友，即便現在調離部門，仍經常一起吃午餐。

現在，深月和桐谷已經同居兩個星期。

和這兩個朋友在附近的餐廳吃午餐時——

「話說回來，深月最近怎麼了嗎？」

「啊——對，我正好也想問。」

明美和陽菜突然這麼說。

被問到這個問題的深月，用叉子捲起義大利麵時便渾身僵住。

「為、為什麼這樣問？」

「總覺得妳最近氣色很好啊！」

「對啊。還有，妳比較少嘆氣了。」

陽菜這樣補充之後，換明美說「沒錯」，然後點頭附和。

接著，兩個人都直直盯著渾身僵硬的深月，像是在搜索什麼一樣。

陽菜也點頭附和明美說的話。

「呃……我最近開始吃一些營養價值高的東西。」

受不了這兩個人的視線，深月一邊回答一邊避開她們的眼神。

不知道是不是注意到這一點，明美歪著頭。

「什麼？妳開始自己做菜了啊？」

「啊，對啊，嗯，大概是這樣……」

「這樣啊。妳之前的確都靠便利商店解決三餐，說是沒有餘裕做飯嘛。」

明美追根究柢的方向還是沒有改變，深月開始冒冷汗。

看樣子明美的女性直覺已經全力運轉，發現深月可能隱瞞了什麼。

「哎呀——想到老了之後的安排，就覺得應該要節省一點。」

深月拚命捏造藉口，看起來和節省兩個字最無緣的陽菜用力點頭說：「啊～那的確很重要耶～」

陽菜的反應，讓明美也一臉意外。

「陽菜有在省錢嗎？」

「完全沒有啊。不過，就是因為我沒有在節省，所以才能想像那有多重要啊——」

「既然妳都想像了，怎麼不乾脆執行？」

「嗯～如果我能節省的話，就不會這麼辛苦了啊～」

「不過，話雖如此，真的要徹底節省的話，就不能出來吃午餐了啊。」

「對啊對啊，便當也是啊～那些上班前做便當的人真的很厲害耶～」

「我們部門有人每天都做便當喔！而且還是個男生。」

「男人每天做便當感覺更厲害耶——雖然只是感覺而已啦！」

「沒錯沒錯，對沒辦法做便當的人來說，無論男女都值得尊敬。像我就沒辦法。」

明美和陽菜的對話，讓深月打從心底感到鬆一口氣。看樣子，明美疑心的方向已經轉移。

最後話題轉向職場，午餐時間也就這樣結束了。

三人一起回到公司大樓，在入口處各自解散回到自己的部門。

一個人走回辦公室的時候，深月因為罪惡感而自言自語。

「我說謊了……」

最近的確是自己做飯。

……不過，做飯的是桐谷，不是深月。

完全不是為了老後生活而節省花費。

朋友感受到的變化，應該就是源自和桐谷的婚約以及同居生活吧。最近身體狀況很不錯，都是託桐谷為自己做飯和包辦家事的福。

……反而還和桐谷訂了婚。

話雖如此，桐谷還不算是能夠介紹給朋友的對象。

雖然已經訂婚，但和他才認識沒多久。不知道什麼時候會悔婚，而且也還不清楚這個人的來歷。

再說，如果老實交代兩個人認識的經過，明美她們一定會為自己擔心。如果換成是自己，也會擔心啊。這件事如果發生在妹妹身上，或許還會叨唸她：「妳的貞操觀是有什麼問題啊！」

被罵是無所謂，但深月不想讓人擔心。

話雖如此，自己還是為了轉移話題而說了謊。

在內心對兩個好友以及桐谷懷著一絲愧疚的情況下，深月開始下午的工作。

太陽下山的時候，深月下班離開公司。

直到不久前，她都會繞到超市或便利商店買現成的晚餐回家，但最近幾乎都直接打道回府，因為她已經不需要買晚餐回家了。

不過，今天要買東西，所以先去便利商店一趟才回家。

回到家打開自宅的大門。

屋內已經開著燈。

「啊！歡迎回家，深月小姐。」

感覺語尾跟著愛心或音符，以歡樂語調迎接深月的人正是桐谷，他一副「我等妳很久了」的樣子。

廚房裡也和他的語調一樣，顯得非常歡樂。

具體來說，就是調味料的瓶罐和香料、木鍋鏟像在跳舞似地飛來飛去。喜歡恐怖片的人如果看到這種場景，可能會大喊：「鬧鬼啦！」不過，這樣閃耀的奇幻光景，不必仔細看也知道絕對不是鬧鬼，反而感覺很像走進夢幻國度。

「啊，嗯，我回來了。」

「晚餐的主菜是香料烤雞肉與夏季蔬菜。就快做好了，妳先休息等一下吧。啊，要不要喝點什麼？」

「那請給我一杯麥茶吧！我先去換個衣服。」

看到桐谷應下，深月便走向自己的房間。

為了換居家服而關上房門後，她突然開始冷靜思考現在這個狀況。

和陌生的男性同居。

而且，對方還自稱是魔法師。

雖然深月決定相信對方，但應該多少還是有點不安。

「……這種生活，意外地很舒暢耶。」

深月不禁這樣喃喃自語。

和桐谷一起生活，已經過了兩個星期。

早上一醒來就已經準備好早餐，回到家之後，就有像這樣亮著燈的屋子、晚餐、桐谷在等著她。

雖然很不甘心，不過料理的口味堪稱完美。打掃和洗衣也一樣。

而且，深月強烈要求他不能看也不能摸自己的內衣褲，不過家事都是用魔法完成的，所以這種無理的要求也能達成。真是太方便了……

不僅能幫忙放洗澡水，只要說一聲，桐谷也會泡咖啡，完全不需要自己動手。所謂的無微不至，就是這種狀態啊。

「我到目前為止，一直過著隨心所欲的生活……」

深月回顧只享受到好處的現狀。

其實，在金錢方面，深月的生活負擔幾乎沒有增加。

明明多了一個人一起生活，但房租、水電費和以前一樣，連餐費都沒有變動。

正確來說，桐谷的確有提出「另一個條件」，不過那真的很微不足道。應該是說，深月認為這個條件是理所當然應該做的事。

把工作服換成居家服之後，深月走出房間。

她心想：就按照桐谷說的，在客廳休息一下吧！她一坐在沙發上，裝有麥茶的玻璃杯就咻地飛到眼前。

接下玻璃杯喝了一口麥茶，深吐一口氣之後，深月回頭望向廚房。

「桐谷，謝謝你。需要我幫忙什麼嗎？」

「不用，沒關係。深月小姐，妳好好休息。」

「嗯——可是，每天都把家事交給你，總覺得不好意思……」

「真的不用放在心上。深月小姐剛下班回家，一定很累了。而且，做這些事我並不覺得累，反正訂婚的條件就是要包辦家事啊！」

「這樣啊，那就拜託你了。」

深月決定按桐谷所說的，把這些事情交給他，當下覺得很安心。

讓別人為自己做些什麼，為自己奉獻。

過去從未有過這種經驗。

深月什麼都自己來，經常是別人都還沒開口就已經動手，雜事也往往都會推到自己身上。因此，雖然有約在先，但是把工作都丟給桐谷、自己在旁邊休息，剛開始的那幾天的確很過意不去。

因為深月沒辦法「把自己交給某個人」。

不過，這兩個星期過著安逸生活，讓深月的心門漸漸敞開。

現在，比起對他感到抱歉，更感謝他能讓自己過著舒適的生活。面對桐谷說「這樣也沒關係」之類的話，也漸漸能坦然接受了。

（依賴某個人的生活，原來這麼令人放鬆啊……）

深月一邊用麥茶潤喉，一邊再度感受現狀。

沒過多久，廚房就傳來桐谷的聲音：「深月小姐，晚餐做好了喔！」

「盤子要飛過去了喔——」

桐谷說完之後沒多久，盤子就咻地飛到深月面前的桌上。接著是飯碗、湯碗，還有筷子。兩人份的餐食，以面對面的排列緩緩降下，在餐桌上排好。

微微搔動鼻尖的溫暖香氣，讓深月的肚子不自覺地咕嚕咕嚕叫。

「深月小姐還不太習慣放手依賴別人呢。不過，妳為我著想，我很開心就是了。」

菜都上齊後，桐谷也跟著過來，隔著餐桌和深月面對面坐下時，以調侃的口吻這麼說。

被看穿的深月，有點害羞地別開視線。

「畢竟，一般來說本來就不能依賴別人啊！」

「我覺得能高明地依賴別人，人生會比較輕鬆耶。像我就老是依賴別人，這就像是我的專長一樣。」

「……如果沒有後半段的話，這一席話聽起來好像很不錯。可惜了。」

吐槽笑著說出自甘墮落言論的桐谷，深月望向餐桌。

如桐谷剛才所說，主菜是香料烤雞肉與夏季蔬菜。

切成一口大的雞腿肉烤得金黃，搭配綠色櫛瓜、紅黃甜椒等充滿視覺享受的色彩，迷迭香、羅勒、大蒜的香氣撲鼻。

旁邊有夏季蔬菜之一的茄子和蘘荷，還有加入油豆腐、食材豐富的味噌湯，再加上蓬鬆、充滿光澤的現煮米飯，連水煮秋葵配柴魚片的小菜都有。

深月臉頰通紅，感動地嘆了一口氣。

「今天的晚餐看起來很美味耶。」

「真是的。不是『看起來』，而是真的很美味喔！」

「我知道。」深月坦率地對得意的桐谷點點頭，合起雙手。

看到這個動作，桐谷也跟著合起雙手。

「我開動了。」

兩個人一起說出這句話，才開始享用晚餐。

這也是在桐谷出現之前，從未發生過的事。

深月還不習慣，覺得有點難為情。

桐谷出現的隔天早上，深月才第一次和別人一起喝咖啡。在和他同居之前，最後一次和別人在家裡吃手作料理，究竟是什麼時候的事？差點就陷入回憶的深月，敗給眼前的美食誘惑，一瞬間就回神了。

（那就先來喝味噌湯……）

深月拿起湯碗。

喝了一口湯……感覺到高湯、味噌還有蘘荷的香味從鼻尖竄出，吸飽炸豆腐甜味的茄子在舌頭上化開。

呼——深月發出幸福的嘆息，接著把筷子伸向主菜。

覆滿香料香味和橄欖油的蔬菜和雞肉，烤得恰到好處。這些食物在嘴裡，令人越咀嚼越開心。用電鍋煮的白飯，溫熱飽滿又香甜，味道彷彿是用陶鍋煮出來的。清爽的燙秋葵，當小菜剛剛好。火候控制得很完美。

「嗯～～～每一道菜都好好吃！」

深月扶著情不自禁綻放笑容的臉頰，滿足地說出感想。

桐谷的料理技術好到足以讓他如此得意。他在這兩個星期做的菜，每一道都比深月自己做的更好吃。

據本人的說法，他不只會做日式、西式的料理，能做的菜式也非常豐富。雖然是使用魔法烹調，但那只是為了提升效率，他就算不用魔法也能做菜。也就是說，他本來就很擅長料理。

順帶一提，「我只吃好吃的東西」似乎是他提升料理技術的原動力。明明很任性，卻懂得努力，感覺兩者不太協調，或許這種想法意外地能讓人進步吧。

「有合妳的胃口嗎？」

「嗯，桐谷做菜真的很好吃。每天的料理都不一樣，好厲害喔。謝謝你，真的對我很有幫助。」

「哪裡哪裡，我才要謝謝妳。」

「真的很感謝你，不過，我幾乎沒有做什麼值得你感謝的事吧？」

「妳答應和我訂婚啊。」

「是這樣說沒錯啦。」

「還讓我住在妳家。我可是一毛錢都沒有呢。」

「你這樣說也沒錯……可是，這樣真的好嗎？」

面對露出滿足笑容的桐谷，深月再度問了一個不知道講過幾次的問題。

雖然和桐谷有了婚約，但除了同居之外，兩人之間並沒有未婚夫妻的樣子。不只是像多了個室友，更像是免費雇用了住在家裡的幫傭。

然而，桐谷對深月開出的唯一條件只有「感謝」。

他說只要深月表達感謝之意，他就很滿足了。

深月不懂為什麼。

所以同居三天左右的時候，她還在亂猜背後是不是有什麼秘密……不過，直到今天，他看起來的確是只要深月表達感謝之意就非常滿足的樣子。

桐谷對一臉不安的深月說：「真的這樣就好了。」

「我只要獲得深月小姐的感謝就可以了。那會變成我魔力的來源。」

「有人感謝你，你就能儲存魔力嗎？」

「粗略來說的話是這樣沒錯。誇獎我也可以，只要不是場面話就行了。所以，請盡量誇獎我、感謝我。」

「……說到這個地步，感覺有點像是在強迫人啊……」

「對不起，一不小心就得意忘形……」

看到桐谷沮喪並反省的樣子，深月深深覺得他還真坦率。

一起生活幾天之後，她漸漸了解這是他的本性，並不是在裝模作樣。所以，和他一起生活也不會有壓力，因為不需要猜測他是不是有其他心思。

也就是說，對深月而言，桐谷已經漸漸變成讓人能夠放心的對象了。

「……我買了甜點，放在冰箱裡。」

「咦？深月小姐，甜點也買了我的份嗎？」

「因為你昨天說喜歡吃甜食啊，還是你其實不想吃？」

「怎麼可能不想吃！深月小姐特地買給我的耶！這會變成魔力的來源喔！」

「是這樣嗎？這也可以儲存魔力嗎？」

「對。所以我要吃！我要吃！我不客氣了！」

說完桐谷便馬上站起身，深月慌慌張張地阻止他。

「要先吃飯啦，甜點要飯後吃啊！」

「我現在就想吃……魔力……」

「原來如此，你的意思是不想和我一起吃飯啊……」

「深月小姐想和我一起吃飯嗎？」

「如、如果不想的話，就不會問你了啊……」

「好像也是，那就等一下再吃甜點。我也想和深月小姐一起吃飯。」

桐谷似乎聽懂了，對深月露出笑容，繼續吃晚餐。

兩個人一起把晚餐吃完了。

桐谷馬上用魔法洗碗盤，然後在旁邊沖泡餐後的咖啡。

瞄了一眼，發現桐谷正沉不住氣地走向冰箱。回來時，手上拿著深月在便利商店買回來的布丁。

「真的有兩人份耶！」

「嗯……是說，沒想到便利商店的甜點能讓你這麼開心。」

「這是深月小姐為了我買的，我當然很開心啊！」

桐谷眼睛閃亮地這麼說。

他看起來非常高興。

在廚房施展的魔法也反映出他的喜悅之情，小小的彩虹色泡泡，輕飄飄地浮在空中。

「我這還是第一次……真的，很棒呢！」

盯著布丁看的桐谷，突然感慨萬千地這麼說。

「第一次？你沒吃過便利商店的甜點嗎？」

「不是的。第一次有交往的女性，像這樣買東西給我。」

「咦？是這樣啊。不過，那是什麼意思？」

「當時我並不在意，覺得我請客是理所當然的事。不過，今天像這樣有人買東西給我，我才發現，以前有點淒涼……」

說完之後，桐谷露出有點可憐的表情。

深月一邊打開布丁的蓋子，一邊獨自點頭。

「這樣啊……應該是說，這很正常啊……」

「呃，深月小姐？妳說什麼很正常？」

「啊，就是覺得如果是桐谷的話，有一、兩個前女友也很正常啊。」

「嗯，的確是有幾個啦……咦？深月小姐，妳該不會是在吃醋吧？」

「不是，只是單純想到會有這樣的事而已。」

「……妳可以吃醋沒關係喔！」

「不不，我們又不是那種關係。」

「我是深月小姐的未婚夫耶。」

「但我們彼此之間沒有戀愛的感情啊。況且，你也不會因為我有前男友就吃醋吧？只要能夠獲得魔力，對象不是我也無所謂吧。」

深月這樣回嘴，桐谷瞬間沉默，然後不滿地低聲說：

「……才不是呢……」

不知道是不是自己聽錯，深月眨了眨眼。

「那個，你剛才說……」

「沒什麼。」

桐谷別開臉望向其他地方。

不知道他為什麼出現這種鬧彆扭般的反應，深月困惑地歪著頭。

結果，桐谷便嘆著氣說：「妳說得也是。」

「是什麼？」

「我過去和誰交往，深月小姐一點也不在意對吧。」

「嗯，是沒錯啦……現在過得好就好了，不是嗎？啊，不過如果你現在還有什麼恐怖的交友對象，那我會很困擾。」

聽到深月這句話，桐谷的表情瞬間抽動了一下。

「呃，桐谷，你那是什麼反應？你有什麼恐怖的交友對象嗎？」

「不，沒有那種對象。應該啦。」

「那你剛才的反應是怎麼回事？」

「那個……深月小姐剛才說『現在過得好就好了』那句話……」

「啊，那個啊。嗯，那句話怎麼了？」

「那個……是表示深月小姐沒有後悔和我訂婚，覺得這樣很好的意思嗎？」

桐谷戰戰兢兢地問。

針對這一點，深月沒有想太多就回答「是啊」。

「我不後悔，而且剛才還覺得和你一起生活很不錯。」

「咦？真的嗎？」

「如果不是這樣的話，就不會買兩人份的布丁了。好了，快吃吧！」

桐谷開心地連聲答好，就在這個時候咖啡杯也抵達餐桌了。

深月一邊喝咖啡，一邊觀察滿臉欣喜吃著布丁的桐谷。

覺得和他一起生活很不錯，這是真心話。

剛開始見到桐谷的時候，覺得他有點像黑貓，不過他的坦率更像小狗。

對深月來說，和他一起生活，比想像得更舒適。

深月開始覺得如果每天都過這種日子，在沒有戀愛情感或男女朋友關係的狀態下結婚也不錯。況且周遭的已婚女性，目前幾乎不曾抱怨過自己的老公。

對，是「幾乎」不曾抱怨。

……也就是說，還是有「少數人」會抱怨。

即便是這位好使喚的同居人，深月也有希望他改進的地方。

深月希望他改進的壞習慣，在兩人吃完布丁不久後就發生了。

「我洗好澡了，深月小姐。」

從更衣室走出來的桐谷這麼說，深月順著聲音望過去後便整個人僵住了。

因為桐谷一絲不掛地站在那裡。

雖然已經碰到好幾次這種狀況，但反射動作還真是可怕。深月慌慌張張地別開視線，不敢看向桐谷，只能大聲喊：

「我說你啊！我已經說過很多次了！穿上衣服！」

「可是很熱啊……剛洗完澡，血液都衝上頭部了。啊～電風扇～好涼喔～」

深月的視線角落裡，桐谷正赤裸裸地對著電風扇。

雖然有穿上內褲，但眼睛實在不知道要看哪裡才好。

……光溜溜的身體。

是因為初次見面那一夜，桐谷用魔法把自己移到床上的關係嗎？深月陷入沉思。

穿著衣服的時候，削肩的樣子感覺他很瘦弱，像貓咪一樣有點靠不住的感覺。

不過，如果沒有動用魔法也能抱得動自己的話，就能理解他的體態了。令人意外地，桐谷擁有結實的男性身材。

對，他的確是個男人。

一想到這一點，深月的心臟就跳個不停。

雖然每次都有提醒他要穿衣服，但他似乎耐不住熱，唯獨這件事老是勸不聽。

不僅如此……

「咦？深月小姐？妳該不會臉紅了吧？」

「才沒有。」

「喔……真的嗎……」

深月瞬間僵住。

因為她感覺到桐谷的說話聲從背後靠近。

「啊，妳果然臉紅了。妳看，妳臉紅了耶。」

他身上剛洗完澡的熱氣，突然衝向深月的脖子附近。

說話聲就落在耳邊。

「就、就跟你說沒有了啊！」

「喔……這樣啊，不過，妳平常更——」

「閉嘴。別再說了，也不要靠過來。去穿衣服，現在，馬上！」

深月用粗魯的語氣制止桐谷繼續說下去。

他這是在調侃人啊。明知道他是在調侃自己，但對深月來說，還是很難保持冷靜。她拚命在心裡祈禱「算我拜託你，不要再靠近我了」，甚至還露出一副「再靠近我就咬下去」的樣子。

「……既然深月小姐這樣要求，那就沒辦法了。」

站在背後的壓力終於消失，深月頓時鬆了一口氣。

看樣子桐谷總算是願意穿衣服了。深月背後的動靜逐漸遠去，他似乎走回自己的房間了。

順帶一提，這間公寓……自從桐谷來了之後，就多出一個房間。

那是桐谷用魔法加上去的。

玄關到客廳的一小段走廊上的牆壁，從那天開始就出現一扇門。那扇謎樣的門，可以連結到他的房間。

按原本的隔間規劃，那面牆後的空間是隔壁的住戶，但現在彷彿中間夾著異空間一樣，多了一個房間。因為是異空間，所以大小可以按自己的喜好設定，家具的擺設、樣式都能自由更換。

順帶一提，窗簾的顏色和窗外的景色似乎每天都不一樣，簡直就像虛擬房間一樣。深月不知道裡面的狀況，但覺得很有趣。

不過，如果可以擁有這種房間的話，無家可歸應該也無所謂吧？

雖然深月這麼想，但據說不能沒有經過同意就在他人的地盤創造通往異空間的門，這好像是規則，也是常識。

所謂的魔法師，似乎是一群在奇妙的地方恪守禮儀的人。不過，隨心所欲使用魔法的話，會讓非魔法師的人類困擾，所以有這層顧慮的確很好。

桐谷有自己的房間，深月也能保護自己的隱私。因此，多一個房間應該是件好事。

……不過，像剛才那樣，在客廳受到視覺上的裸體攻擊還是沒有改變。

「這個毛病得讓他改一改才行啊……」

如果他不改的話，深月的心臟可承受不住。

應該是說，深月覺得這也算是違反契約的一種。

他說過不會打擾深月的生活。

卻打擾了深月正常的規律心跳，這就等同違反契約。既然如此，這種違反契約的行為足以把他趕出去了。

……不過，這兩個星期他已經牢牢抓住深月的胃。

以前心裡可能會覺得：男女角色相反了吧！但是現在這個年代，男人會做菜、女人不會做菜也完全沒有關係……雖然這樣很好，但是如此一來狀況就對桐谷比較有利，導致深月很難改掉他的壞毛病。

最後把超舒適的生活和唯一的壞習慣放在天秤上衡量，怎麼看都是他贏。

深月覺得自己有點沒用。

「該拿他怎麼辦才好呢……」

試過讓他隨意把室內的溫度降到可以接受的程度，也幫他買過穿起來舒適的睡衣，結果他對每一種方式都是三分鐘熱度，沒辦法成功讓他維持穿衣服的習慣。

「就算用剛才讓他歡天喜地的甜點當誘餌，也不可能每天都買啊。」

深月嘆了一口氣。

好想和其他人——明美和陽菜她們商量。

不過，兩人之間的關係對所有人都保密，所以很遺憾，沒有人能商量。

如果有共同的朋友能夠嚴厲告誡桐谷就好了……雖然有這種想法，但目前就連桐谷的背景都是未知狀態，更遑論他的朋友圈了。如果他這個樣子，還不會用魔法的話，真的就只是一般的可疑人士了。

「要是有個第三者在就好了……」

一直想著「要是……就好了」反而想不到解決方法，一天又這樣結束了。

◆◆◆

煩惱這種東西，好像擁有呼朋引伴的性質。

這天是星期天下午，不必工作的假日。

「我們這樣不就像夫妻一樣嗎？」

穿著休閒外出服的桐谷走在深月身邊，笑著這麼說。

他手上提著購物籃，裡面有包裝好的蔬菜、肉類等食材。

現在，深月和桐谷為了採購食材而來到超市。

把錢交給桐谷，讓他自己來買也可以，但休假的時候還是多少幫點忙比較好。深月是想劃清界線，所以才決定一起來。

「我們只是訂婚而已耶。」

「只要深月小姐在那張紙上簽名，我們隨時都能升格為夫妻啊！」

桐谷突然把臉靠過來輕聲說。

深月掩飾內心的焦躁，反問他：

「……有沒有人說過你很會撩妹？」

「呃，妳這是什麼意思呢？」

面對深月拋出的問題，桐谷眨了眨眼睛。

就連這種裝傻的表情都帥，真可惡。

這也難怪，從剛才開始——應該是說從走來買東西的路上開始——桐谷就廣受矚目。

剛才擦身而過的人群中，不只年輕的女孩，從年長女性到學齡前的小孩，就連男性都絕對會回頭看他。桐谷帥到感覺經紀公司都會衝來挖角，所以有這種狀況與其說是理所當然，不如說是無法避免。

現在也是，應該看著超市架上商品的顧客，視線都集中在桐谷身上。他們的眼裡大概看不到深月，她只是背景的一部分而已。

不過，深月覺得很開心。

這可能是一種優越感或是滿足感。

正當深月東想西想的時候，桐谷突然說：

「啊，不然買完菜之後，我們到那邊的咖啡廳喝杯茶，順便快速簽個名也可以啊！」

真是隨便到不行的提議。

「我才不要。」

「不行嗎……」

「豈止是不行，這種事情怎麼能快速了結啊——」

兩人邊聊邊朝收銀台前進，在擺滿食材的走道上轉彎時——

「咦？深月？」

「啊～真的耶～」

在轉角處巧遇深月的同事兼好友——明美和陽菜。

「呃，妳們怎麼會……」

「嗯，我來買今晚要喝的酒和下酒的乾貨。」

「我對之前深月說要節省的一番話很有同感，所以想說偶爾要自己做菜～」

「所以，才會偶然在這裡遇到妳……這位帥哥是？」

明美看著站在深月背後的桐谷這樣說。

陽菜的視線也一樣朝向桐谷。

「呃……他是……那個……我朋友？」

「為什麼是疑問句啊？還有，我以前從來沒聽妳說過有什麼感情好的男性友人啊！」

「那、那就是親戚……」

「什麼叫做『那就是』，太奇怪了吧？」

深月情急之下說出奇怪的話，明美和陽菜都一一戳破盲點。

救我！即便用求救的眼神看著桐谷，他也一副「我才不管妳」的樣子馬上移開視線。看樣子，不能期待他幫忙矇混過關了。

而且，眼前的明美和陽菜一臉「快從實招來」的表情，兩人露出幾乎已經知道答案的眼神。

（這下沒招了……只能老實交代了。）
現在這個狀況應該沒辦法再找藉口，深月決定投降。
她下定決心，選擇誠實交代桐谷的事情。
「這個嘛……他是我的未婚夫。」
「妳們好，我是桐谷充。」
剛才鬧彆扭的態度煙消雲散，桐谷展露頂級笑容這樣回答。
這句話似乎超越明美和陽菜的想像。
「不是吧？未婚夫？不是男朋友，而是未婚夫？」
「什麼時候的事？我現在才知道耶！」
這兩位好友不僅購物籃掉在地上，還大聲回問。
深月慌慌張張地安撫她們。
「對、對不起，我一直想找機會說，其實是最近的事……我沒有說謊！真的是最近的事，對吧？桐谷？」
「是。我們最近開始同居。對吧？深月小姐？」
桐谷補充的這一句，讓深月滿臉通紅，腦袋也一片空白。
不對，這句太多餘了。雖然這樣想，但已經來不及了。
明美和陽菜紛紛發出低聲哀號：「呀～」、「他說已經同居了～」

雖然出現女高中生般的反應，但這兩位都已經是成熟的大人了，而且還是近乎女高中生兩倍年齡、即將滿三十歲的大人。

「等、等一下！在這裡會妨礙別人結帳！我們去外面談吧！妳們等一下有約嗎？」

「我沒有！」

「我也沒有喔——」

「那、那我們要不要去那邊的咖啡廳？雖然晚了一步，但我還是想跟妳們說……」

兩個人馬上答應深月的要求。

應該是說，這兩個人非常積極，一副「趕快告訴我詳情！」的樣子。

「——所以，桐谷，不好意思，你能不能先回家？我和她們聊完再回去。」

「她們是深月小姐重要的朋友，我應該也要一起正式打個招呼才對。」

「不、不用……呃……你、你看！這些肉和買好的食材壞掉就糟了！」

「這些都還沒付錢啊。」

「我們已經要結帳了啊！來，我們去收銀台排隊！明美、陽菜，妳們到超市外面等我一下！」

深月用力推著桐谷的背，往收銀台前進。在收銀台付完食材的錢之後，就把東西都交給桐谷，並目送他離開。

雖然讓他一個人回家很過意不去，但是如果讓他像剛才那樣補充一些意料之外的話就慘了，所以深月一直告訴自己，這也是無可奈何的事。

接著，深月便和兩個好友一起前往附近的咖啡店。

手裡拿著咖啡，和她們面對面坐下，深月一邊慎選詞彙一邊說明。

「呃……就像他剛才說的一樣，我們訂婚了。這是最近的事。同居也是最近開始的……這麼晚才告訴妳們，對不起。」

深月對兩人低頭致歉。

明美和陽菜對看之後，馬上接著說：

「雖然很驚訝，但這也不是什麼需要道歉的事啊！」

「對啊對啊，這種事情也要看本人想不想說嘛～」

「最近啊，越來越多人結了婚也不說的啊！」

「而且不結婚的人也越來越多了～」

「所以深月有打算告訴我們，我很高興啊！」

「對啊對啊，就是這樣——」

聽到明美和陽菜這麼說，深月覺得心裡暖暖的。

如果不是大白天在漂亮的咖啡店裡，而是在居酒屋喝點小酒，深月一定會抱緊她們的。

「我以前就這麼覺得，妳們兩個都是好人。」

雖然沒有伸手抱緊朋友，但深月不禁說出自己的想法。

因為她深深覺得，自己擁有很棒的朋友。或許自己對人的運氣，大部分都用在交朋友上了吧！

「話說，未婚夫是大帥哥耶。那是怎麼回事？」

「好想知道、好想知道，你們在哪裡認識的？」

「呃，在我家門口……他身體不舒服倒在路邊，我出手幫了他。」

深月老實交代後，明美和陽菜嘆了一口氣，不知道是傻眼還是感動。

「深月……比起我們兩個，妳才是好人啦！」

「真的耶～應該是說，還好對方不是怪人。」

「嗯，他不是怪人，只是……」

和普通人也不太一樣就是了……雖然這樣想，但深月還是決定隱瞞桐谷是魔法師的事情。

她們一定會很擔心自己，而且主要是擔心頭腦有沒有問題。

不過，明美發現深月的回應很不乾脆。

「妳這個反應，該不會真的是怪人吧？還是妳對他有什麼不滿？」

「那種帥哥也會有缺點嗎？」

「妳說缺點嗎……啊！」

此時，深月想起他的「壞習慣」。

之前就一直很想找人商量他的「壞習慣」，現在就是商量的好時機。

「沒錯沒錯，有喔！他有缺點！我的確覺得不滿！」

「什麼什麼？啊，他不肯幫忙做家事之類的嗎？」

對明美的問題，深月搖了搖頭。

「不是，家事都是他在做。」

聽到深月的回答，明美眨了眨眼。

「全部嗎？」

「嗯。做菜、洗衣、打掃之類的，全部都是他做。」

「什麼嘛，這不是家家戶戶都想要有一台的神器嗎……」

明美覺得難以置信，按著額頭哀號，一旁的陽菜似乎聯想到前幾天的話題，用力點了點頭。

「原來如此。所以最近深月身體變好，是託他親手做菜的福啊！」

「對、對不起，我說要省錢，其實是騙妳們的……」

「沒關係、沒關係啦……比起這個，妳不滿的點更重要啊！」

陽菜揮了揮手說：「反正我們一點也不在意。」身旁的明美拍了一下手，再度喊道：「我知道了！」

「是不是沒辦法接受體臭？脫下來的西服或襪子很臭之類的。」

「不、不是啦，我沒聞到過什麼臭味。」

「那到底是什麼……他長得這麼乾淨清爽，該不會是同時跟很多女人交往吧？」

「這我就不知道了……其實，我可能也不會在意吧？」

「喂！那可是妳的未婚夫耶！」

被一直提問的明美用力吐槽，深月苦笑著說：「這個嘛……」

此時，陽菜一副恍然大悟，突然有靈感似地張大眼睛。

「該、該不會是……會家暴的男人吧？還是會一直要錢的爛軟男？」

陽菜臉色蒼白，彷彿自己說出什麼很可怕的話。

明美聽到這裡，下一秒便雙手拍向桌面，朝深月探出身子。

「深月，這樣不行！就算長得再帥，這種人還是得馬上分手！如果對方一直纏著妳，我就——」

「不、不是不是，沒有這種事啦！」

她們對桐谷的印象突然變得很差，深月急忙否認。

「他沒有暴力傾向，也沒有跟我要錢，反而是很溫柔，會容許我的任性——」

講到這裡，深月發現自己又多嘴了。

原本臉色蒼白的明美和陽菜，這次則是望著遠方。

「真甜蜜啊……」

「真的很甜蜜耶～」

「不、不是啦！我們不是那種甜甜蜜蜜的關係啦！我們算是相敬如賓。」

深月拚命否認，明美則同情地說：「妳否認到這個程度，感覺桐谷先生很可憐耶。」

接著，她和陽菜對視後，再度詢問深月：

「那妳到底有什麼不滿？」

「那個啊，其實——」

桐谷洗完澡就會以幾近全裸的狀態在屋內走來走去，即便拜託他穿上衣服，他還是依然故我。緊接著馬上說明拜託他穿衣服，反而會被調侃。

——那真的很討厭耶。就算是帥哥，這樣也不行啊——

深月本來期望會有這種充滿共鳴的答覆，結果……

「……這就是妳的不滿？」

明美沉著臉這樣說，深月不禁茫然地咦了一聲。

「我不能對這件事感到不滿嗎？」

「嗯——該怎麼說呢……這很值得稱讚啊！」

聽到陽菜的回答，明美表示同意並伸出手指說：「就是這樣！」

「是那位帥哥裸體對吧？」

「他看起來瘦瘦的，不過脫光應該是米開朗基羅的大衛像身材——」

「我懂，他應該是想讓妳好好鑑賞。這種程度的話，我願意付錢看。」

「等一下等一下！這樣不行吧？」

「哪裡不行？我覺得『帥哥在家裡裸體』，完全可行啊！」

「不過，如果妳是要問『我們現在的反應』，的確是不太可取啦～」

「他也不是一整天在家裡裸體過日子吧？」

「他在家裡，而且才剛剛洗完澡……現在這個時候又正熱，男人會這樣做很正常吧——」

按這兩個人的口吻，根本對自己的煩惱毫無共鳴，深月困惑地說：「怎麼這樣……」

「深月，妳該不會還沒有跟他滾過床單吧？」

陽菜的這句話，讓深月整個人僵住。

當然沒有。也不需要有。

「不會吧？」明美聳聳肩。

「畢竟你們都訂婚了對吧？這個時代，滾個床單……呃，真的沒有嗎？妳沒有確認那方面合不合嗎？什麼？妳該不會是傳統的大和撫子吧？」

明美露骨的問題，讓深月別開視線回答：「那、那個，不好說……」好想就這樣敷衍過去，但是情勢很險峻。

不知道是不是考量到深月的心情，明美退了一步。

「……這樣吧，這件事我們就下次邊喝酒邊慢慢聊好了。」

「嗯，好。就這麼辦。」

明美不再繼續追問，深月才鬆了一口氣。

不過，事情並未如預期般地告一段落。

「是說，深月，妳們在哪裡同居？已經搬家了嗎？」

「沒有。就像之前一樣，住在我租的公寓。」

「那我們就去深月家喝一杯吧！」

明美提議到家裡喝一杯，讓深月受到宛如被酒瓶敲頭的打擊。

陽菜一副沒有發現深月心情的樣子，跟著附和說：「好啊～」

「這樣我們可以慢慢聽妳說相識的過程。到家裡喝一杯很不錯啊！走吧走吧！」

「等一下等一下！到我家喝嗎？」

「我們之前也有去過啊，可以去妳家喝吧？」

「那個，是可以啦……桐谷也一起嗎？」

「一邊欣賞帥哥一邊喝酒，那酒一定更好喝吧～」

深月因為明美的提議而焦急不已，而陽菜已經悠哉地開始想像畫面。

「對了！」她好像想到什麼好事似地，突然輕輕合掌。

「帥哥的朋友應該也是帥哥吧？機會難得，不如找桐谷先生的朋友也一起來喝一杯怎麼樣？」

「好耶，叫他介紹帥哥給我！深月，就這麼辦！」

「可、可是……我沒見過桐谷的朋友耶……」

應該是說，連他有沒有朋友都不知道。深月在心裡這樣糾正自己說的話。

魔法師的朋友——深月從來沒想過這件事。

因為桐谷從來沒有提過這類話題，所以就算他沒朋友，她也不會太驚訝。應該是說，如果他真的有朋友，就不會倒在家門口，還要靠自己救助了。

……也就是說，他沒朋友的機率很高。

「結婚對象的交友圈還是要了解一下比較好啦！如果他都和一些不三不四的人來往，以後麻煩的是妳喔！」

「呃，嗯。的確是這樣。」

「對方或許能告訴妳一些和桐谷先生有關，但妳不知道的事情啊。那可是很珍貴的情報來源耶！」

「呃，嗯。的確是……這樣……」

「所以啊！」

「可以吧？」

「嗯……」在兩個人的催促之下，深月發出宛如低鳴般、不乾不脆的答覆。

聊著聊著，突然——

「好，總之，我們近期會上門拜訪，順便正式和桐谷先生打個招呼。」

明美這麼說完便站了起來。

陽菜也接著起身。

「呃，妳們都要回家了？」

「妳剛剛讓桐谷先生先走了嘛，他應該在等妳吧？」

「對啊對啊，不趕快放妳回去怎麼行呢？他一定很寂寞。」

「不會不會。他才不會呢。」

「深月，妳可不能因為這些小事，讓兩人之間出現鴻溝喔！絕對不行！」

「對啊！畢竟明美就是因為這種小事，才會走到離婚這一步啊～」

「是啊。」陽菜這麼一說，明美用力點頭。

明美之所以離婚，就是因為她奔放的性格。

即便結婚後也想像單身時那樣，擁有和朋友的相處時間，而她的前夫沒辦法跟上這樣的價值觀。而且，直到兩人談離婚，明美才知道前夫不滿的原因。

「就是這樣。既然你們已經訂婚，那更要重視兩人獨處的時間。」

明美像是想起過往回憶似地這麼說。

「啊，對了，明天深月會和桐谷先生一起去哪裡走走嗎？」

明美好像想到什麼，接著這麼問。

深月起身打算和她們一起離開，手裡拿著還裝有咖啡的紙杯搖搖頭說：「不會耶。」

「明天我和他都會一直在家。」

「呵呵呵，真好耶……她說要在家耶，陽菜。」

「是啊～明美。真好～」

兩人謎樣的反應，讓深月追問：「咦？什麼什麼？」

不過，明美和陽菜推說「沒什麼」、「對啊，沒什麼啊～」不肯詳細解釋。一走出店門口——

「那我回超市囉！」

「啊～我也要去，我都忘了自己是來買菜的～」

「先走囉～」兩人一起揮揮手，回到剛才購物的超市。

「最後那一句是什麼意思啊？」

留在原地的深月，一個人歪著頭思考。

她們說的「真好」究竟是什麼意思？從剛才「更要重視兩人獨處的時間」這個話題連結的話，應該是指「和未婚夫一起在家度過假日，真好」的意思吧？

「……是說，要重視兩人獨處的時間啊……」

想到這句話，深月再度陷入沉思。

雖然已經訂婚，但她和桐谷之間並不是能夠一起度過甜蜜時光的關係。

兩人非常、非常相敬如賓，彼此之間維持著可以再親近一點、對彼此都很方便、不遠也不近的距離。

（話雖如此，的確也不能放著他不管……）

雖然是因為偶然遇到朋友，但深月買菜買到一半就跑走，還讓他一個人回家，就連買好的東西也全都丟給他。

這不管是夫妻、未婚夫、男朋友、普通朋友還是家人，都是不值得讚許的行為。深月的確這麼想。

也就是說，深月覺得自己有錯。

「……趕快回家吧。」

原本站在咖啡店門口思考的深月，邁開步伐前進。

桐谷正在家裡等她，為了盡快回家，深月加快腳步。

「桐谷，我回來了。先讓你一個人回來，對不起。」

從咖啡廳回到家的深月，一開口就先道歉。

因為深深反省朋友提到的缺失，所以坦率地表達了自己的心情。

桐谷似乎已經把食材都歸位，在客廳抱著靠墊睜大眼睛眨了眨，有點裝可愛的樣子。

「哪裡，妳不用放在心上。應該是說，我也不是一個人回來……」

「剛才有別人在嗎？」

「其實我在路邊，遇到老朋友了。」

「咦？朋友？」

差點脫口而出「你也有朋友？」，但深月急忙打住。

以為他「沒朋友」，真是不好意思。

「是、是喔……住在這附近嗎？是什麼樣的人啊？」

「這個嘛，要說住在附近也算是啦！什麼樣的人啊……嗯，他們兩個都是男的，不過……」

桐谷的說明實在太模糊，讓深月感到疑惑。

應該是說，他的樣子有點奇怪。

像是打算告訴深月什麼難以啟齒的事情一樣……

「桐谷，你怎麼了？」

「呃，為、為什麼這樣問？」

「你，怪怪的。」

「因為我是魔法師，所以對一般人來說，我本來就很奇怪。」

「不對，不是這種怪，我在想你是不是有什麼話想對我說。」

「啊……」深月這樣問，桐谷含糊地回應。他只是嘴巴一開一闔，但沒有出聲。

「喔～原來如此，你有事瞞著我啊？」

「呃……不……也不是這樣……我不會隱瞞妳……」

原本一臉苦惱、猶豫要不要開口的桐谷，最後敗給深月的視線。

「……其實，剛才我碰到的這兩個朋友，他們說想來玩。」

「來玩？來家裡嗎？」

「對啊，我朋友說想向和我訂婚的深月小姐打聲招呼。」

剛才明美就說「我們近期會上門拜訪，順便正式和桐谷先生打個招呼」，看樣子桐谷的朋友也有同樣的想法。

「所以，他們明天會來——」

「咦？不行！」

「呃……回答得這麼快啊……」

「畢竟他們是男人啊，而且還是兩個人……感覺會很吵、很麻煩。」

老公帶男性友人（很多人）回來，都會喝醉酒大吵大鬧，深月有這種刻板印象。不只是日劇裡面的創作橋段，現實生活中媽媽和同性的已婚友人都曾經抱怨過這種情形。

「我不否認的確是很吵很麻煩啦……」

「那我不要，絕對不要。上班日前的假日，我不想這麼累。」

「說得也是……不過我想深月小姐如果見到我的兩個朋友——太郎和小讓，一定會很喜歡他們。我可以保證。」

「……你這個自信是從哪裡來的？」

「因為我每天都努力掌握深月小姐的喜好啊。」

「這個嘛，你說不定還沒有掌握好……」

「我很了解妳不想讓陌生人進來家裡的心情，況且我明明知道，之前還是走進妳家，所以針對這一點我也不能說什麼……」

「你如果有意見的話，我就會重新考慮同居的事。」

深月這麼一說，桐谷馬上回答：「我沒意見。」

深月認為，讓桐谷進家門是有不可抗的因素。

如果不是因為喝醉酒，導致降低判斷能力，那天晚上她絕對不會讓他進家門。即便是在白天，一定也會有一樣的結果。人身安全和精神的穩定非常重要。

也就是說，現在神智清醒，她當然不可能答應這件事。

「因為深月小姐不喜歡，我想妳應該會拒絕，所以才很難開口……」

「因為沒辦法拒絕就讓人家到家裡來了——你該不會這麼做了吧？」

「呃……他們有點任性……應該是說，就算我拒絕，他們可能還是會來……」

「呃，討厭。我不會讓他們進來，你也不能放他們進來。」

真是麻煩的人。深月強硬地拒絕桐谷。他們該不會是想翻遍家裡吧？

深月徹底抗拒，桐谷急忙否定。

「當然，妳不同意我就不會放他們進來！那個……所以，我想到一個替代方案。」

「替代方案？」

「能不能在外面見見他們兩個？」

桐谷抬頭窺探著深月的神色。

「外面？」

「對，附近的公園之類的也沒關係。妳能不能和他們見個面，聊一下？這樣他們就會滿足，也能防止他們來家裡。」

桐谷雙手合掌低頭請求，一副「拜託妳通融一下」的樣子。

拒絕的話，對方就會找上門來，這不是讓人沒辦法拒絕嗎？

「……我知道了，我答應和他們見面。」

「真的可以嗎？」

「畢竟他們如果來家裡會更麻煩。在外面見面的話，就不用邀他們來家裡了吧？」

「對，沒錯。」

「應該啦……」深月聽到他小小聲地補充。

不過，桐谷為了矇混過關立刻露出微笑。

「唉……」如果不是感覺到心存企圖，這個俊美的笑容簡直就是在保養眼睛，深月不禁嘆了一口氣。

「所以是明天見面嗎？」

「可以嗎？他們沒什麼耐性，所以大概沒辦法等上好幾天。」

「聽你這樣說，我越來越覺得不安，這些人真的沒問題嗎？」

「絕對沒問題！」面對沉著臉的深月，桐谷再三強調。

他越強調，深月反而覺得有問題，總覺得不安心。

「那我就告訴他們兩個『明天公園見』喔！」

說完，桐谷就出門了。

深月心想：如果是要打電話的話，在這裡就可以打了。不過，話說回來，桐谷有手機嗎？

是說，自己好像連他的聯絡方式都不知道……

「……我是不是對他太放心了啊？」

自己是不是對桐谷太沒有防備了？明明認識還不到一個月，也不知道他的來歷。

深月意識到自己竟然如此缺乏危機感，表情變得比剛才更陰沉的時候，桐谷便回到家了。

「欸，桐谷，告訴我你的聯絡方式。」

「咦？妳是說手機或者社群軟體的帳號嗎？」

「嗯，對。」

「我沒有那些東西耶。」

「咦？你剛才不是打電話聯絡朋友明天的事嗎？」

「啊——不是，我是有聯絡他們啦……嗯，那個，總之我沒有那些東西。我很討厭人家跟我要聯絡方式。」

「……對不起。」

「啊，深月小姐另當別論！妳是我的未婚妻啊！如果有的話，我很想馬上告訴妳！我剛才是說其他不認識的女人喔！」

「原來啊……」桐谷這樣說，深月就懂了。

他是個帥哥，來搭訕的女人一定絡繹不絕，也會像魔鬼一樣死纏爛打要聯絡方式。這或許不是以前的事而已，現在應該也還是一樣。

該不會有跟蹤狂之類的吧……深月突然覺得有點擔心。

不過，如果有那樣的人，桐谷倒在路邊的那個晚上，應該早在深月發現之前，就會跑去照顧他了吧？看樣子現在不太可能有這樣的人物，想到這裡深月就稍微安心了一些。

「人長得帥好處多多，但辛苦的地方也不少啊。」

「深月小姐答應我訂婚的時候也說過，妳覺得我長得帥。哎呀，真開心耶～」

「原來如此，你的意思是一點也不辛苦——」

「也有辛苦的時候喔。」

深月一瞬間不知道該說什麼才好。

因為這樣而回答的桐谷，露出淒涼的表情。

那表情和深月買布丁回來時一樣，就像孤伶伶被拋下的孩子……

「那個，桐谷——」

「開玩笑的啦！」

深月打算道歉的瞬間，桐谷卻聳聳肩一副說笑的樣子。

「其實有很多好處。譬如說，深月小姐光看我的長相就喜歡我，還和我訂婚。」

「……你這個說法好像我只看臉……」

「妳還喜歡其他部分嗎？」

桐谷微微一笑，深月一時語塞。

看到深月的樣子，桐谷露出疑惑的樣子眨了眨眼。

「總之，明天的事情我知道了。嗯。」

說完，深月就走回自己的房間。

總覺得有點尷尬，所以想離開現場。

雖然是自己說出口的話，但深月也覺得自己剛才的答覆很怪。不過，會有這種奇怪的答覆有其原因。

因為深月不自覺地開始思考他的問題。

……還喜歡其他部分嗎？

「有嗎……」

一個人關在房間裡自問自答，卻仍然不知道答案。明明是自己的事耶。

譬如說做菜、洗衣、打掃等家事都做得很完美之類的，應該有很多方式可以回答才對啊！不然，用「我真的只看臉」來岔開話題也可以。明明有很多種方法，為什麼那一瞬間沒辦法回答呢？只要隨便回答就好了啊！

自己謎樣的猶豫，讓深月有點混亂。

「說到這個……桐谷是怎麼聯絡朋友明天要見面的事啊？」

深月完全錯過問這個問題的機會。

不用打電話，就能在這麼短的時間內聯絡到朋友……

「哎呀，畢竟他是桐谷啊。應該是用魔法之類的吧？」

推測到這裡，深月決定不要再繼續想下去了。

此時她還不知道，隔天自己就會後悔，心裡暗想：早知道就問清楚了。

◆◆◆

離深月家不遠處有一個公園，大約走路十分鐘就可以抵達。

遊樂器材只有盪鞦韆，還有兩張長椅。除了草木茂盛之外，這裡沒有什麼特別之處，是個住宅區中常見的公園。

現在，深月已經抵達公園了。

她和桐谷並肩坐在兩張長椅中，有樹蔭遮蔽的那一個。

不知道是出門前噴的防蟲噴霧很有效，還是桐谷剛才使用了魔法的關係，這個時期很煩人的蚊蟲都沒有出現，清涼的風徐徐吹來，顯得非常舒適。

而且，整個公園像包場一樣，只有深月和桐谷兩個人。

這座公園平時會有附近的小孩來玩，現在是星期日下午四點，卻一個人也沒有。明明季節剛入秋，日照時間還很長，這個時間點有人也不奇怪啊！深月環視周遭，覺得很不可思議。

仔細一看，公園的外圍閃閃發亮。

「桐谷，你剛才用的魔法，該不會包圍整個公園了吧？」

「不愧是深月小姐，真是明察秋毫。我用了魔法讓閒雜人等進不來。」

「我以為你是要防蚊，沒想到是防人啊！」

「不是，我沒有防人，這裡是和公園相似的異空間，就像我的房間一樣。所以，沒有我的允許，別人是進不來的。」

「啊，那個便利的空間啊！原來如此。不過，你為什麼要這麼做？」

「因為不要被人類看到，對他們比較好。」

「……他們是那麼需要避人耳目的人嗎？」

「不，不是那樣的——啊，他們來了。妳看！」

桐谷這麼說，深月便把目光轉向走進公園的對象上。

現身的兩個朋友都一身黑，就算是恭維也沒辦法稱讚對方看起來人品好。他們踏著威風凜凜又傲慢的腳步，走到深月面前。

「喔！讓你久等了，桐谷。這位就是你的未婚妻啊？初次見面，我是太郎，然後這位是……」

「我是小讓！請多～多指教！嘎～很高興見到妳～」

「——咦？」

對方開口打了招呼，深月卻因為太過驚訝而說不出話。

桐谷似乎很擔心，小心翼翼地開口：

「那、那個，深月小姐，他們是我的朋友——」

「黑貓太郎先生和……烏鴉小讓先生……嗎？」

因為桐谷這樣介紹，讓深月回過神來，強忍著幾乎變調的聲音，好不容易才開口說話。

深呼吸，保持冷靜。接著，再度望向眼前的人物。

……果然是黑貓和烏鴉。

怎麼看，都不是人類。本來以為是自己看錯了，但是尺寸和形狀差這麼多，不可能會看錯。

眼神兇惡、像個有學問的黑道大哥，看起來很穩重的黑貓名叫太郎。

另外一個情緒比較激動，像個不良少年嘎嘎亂叫的烏鴉名叫小讓。因為是烏鴉中體型和音量都較大的大嘴烏鴉，所以就更吵了。

「那個，初次見面，我是高山深月。是說，抱歉，等一下，你們為什麼會說話？

為什麼會說日語？」

原本想強忍疑惑的深月，最後還是忍不住問出口。

結果，桐谷一臉得意地回答：

「啊，那也是靠我的魔法翻譯出來的。」

「……真的什麼都能辦到耶。」

傻眼中帶著敬佩，深月再度望向桐谷的朋友。

兩雙圓滾滾的黑色眼睛回望深月。

雖然眼神兇惡，但都很可愛。如果不是會說人話，深月應該早就輕率地把手伸過去摸一摸了。

「那個……抱歉，我的反應這麼奇怪，因為有點嚇到了……」

深月低頭賠罪，黑貓用優雅的聲音說：「平常人都會嚇到，請不要在意。」

「不過，桐谷啊，她是個很有禮貌的人類，我很喜歡。」

「應該是說，超棒的！太郎～我們開口講話，她也不會大驚小怪耶！」

「小讓，大驚小怪的人是你。你這樣她也會懷疑我的人品，給我冷靜一點。」

看著黑貓和烏鴉在腳邊一來一往地對話，深月覺得很不可思議。自己並沒有聽到喵喵聲或嘎嘎聲，宛如使用性能優越的翻譯機一樣，聽起來就是人類自然的對話。魔法還真厲害。

（要是這兩位的口吻不要像有學問的黑道大哥和不良少年就好了……）

他們的聲音，讓深月不禁苦笑。

光聽聲音的話，這兩位都是深月不擅長應付的類型，只有這一點很可惜。撇開這一點，他們的對話著實令人笑逐顏開。

其實，深月很喜歡動物。

動物之中，特別喜歡貓咪，自己最想養的寵物就是貓咪。

雖然從小就想養，但在老家的時候，媽媽對貓過敏。開始一個人生活的時候，又怕照顧不好，所以一直沒有實現這個願望。

不過，自己像是要彌補這個遺憾似地，經常會買貓咪主題的東西，在家裡愛用的馬克杯等日用品，都是有黑貓圖案的。

因此，深月的目光自然而然地放在黑貓太郎身上。

此時，圓滾滾的貓眼突然看過來。

「妳是很文靜的人嗎？可以輕鬆地和我聊天沒關係，也不必說敬語。」

「……謝謝你的關心。不過，我不算是文靜，只是第一次聽到動物之間的對話……」

「原來如此，第一次啊？嗯，放心吧，我們是妳的第一次，也會是最後一次。因為就算加上人類，桐谷的朋友也就我們兩個。」

太郎這麼說，桐谷不滿地回嘴：「你這樣講，好像我沒朋友一樣……」

太郎一副沒聽到的樣子無視桐谷的抱怨。所以，深月仍然不知道這到底是真是假。

「是說，看妳的樣子，是連見面的對象不是人類都不知道嗎？」

「嗯，有點出乎意料。見面之後，嚇了一跳。」

「……桐谷，你這傢伙沒有事先介紹過我們嗎？」

「真的假的？你該不會一點也不想介紹我們，心不甘情不願地叫人家來跟我們見面吧！嘎～可惡！」

「不是啦，我只是忘記了！但是心不甘情不願這一點，很遺憾，我不能否認，因為小讓你真的很吵。」

「桐谷好冷漠！啊，因為你跟深月小姐正打得火熱是吧？那就沒辦法了～」

「喂，小讓，我知道你心情好，但還是安靜一點吧。」

「好痛──才怪！」雖然吃了太郎一拳，但小讓一點也沒有要閉嘴的意思。然而，在那之後他的聲調有降低一些。看樣子，烏鴉很聰明這件事是真的。

「抱歉，嚇到妳了。是我沒有說清楚。」

「啊，嗯，我的確是希望你能先說一聲……不過，嗯，沒關係，我已經習慣了。」

「深月小姐，妳的適應力真好耶！」看到深月的反應，小讓又激動了起來。不過太郎已經做好出拳的準備，所以他很快就安靜下來。雖然很吵，但他果然聰明。

相較於小讓，太郎說話就很沉穩。

「既然妳已經習慣了，那就從頭來一次。這次很感謝妳願意考慮和桐谷簽約。」太郎低頭致意。

「3Q～」看到太郎的舉動，一旁的小讓也一樣低下頭。

「妳能夠把這種枉為人類的傢伙撿回家，我真的只能說謝謝妳。」

「哪裡哪裡，也不能算是撿回家——你說枉為人類是指？」

「我和這傢伙已經認識兩年左右……以人類的時間來算大概是十年，不過，前一陣子我才知道他有多廢柴。」

「廢柴……那個，他是不是犯過什麼罪或者是個危險人物？家裡不能收留的那種？」

「呃，等等，深月小姐？」深月很認真地問，桐谷則顯得很狼狽。

「這倒不是。」面對這個問題，太郎搖搖頭。

「這妳不需要擔心，我可以用我的尾巴保證，這傢伙人畜無害，妳大可放心。這傢伙廢柴的地方就是他基本上是個吃軟飯的，內心明明很冷漠，卻很容易依靠別人。」

「啊，原來如此，吃軟飯的啊？那就和現在一樣呢，太好了。」

「太好了？妳真是心胸寬闊。現在的人類社會似乎是以雙薪家庭為主流，不過這傢伙一定都宅在家裡對吧？」

「嗯，是這樣沒錯啦……不過，家事都是桐谷包辦的。」

「家事全部都是我在做！我也有發揮功能啦！」桐谷一聽到深月提起自己的名字，馬上接著補充。他主要是在強調自己的功勞，看起來有點得意洋洋的樣子。

太郎投以白眼，不過視線很快就回到深月身上。

「我很擔心這傢伙會不會給妳添麻煩。」

他說出像父母又像兄長的話。

明明是一隻貓咪，卻連表情都像父母兄長一樣，深月覺得「大叔」應該是最貼切的形容。或許是因為他的聲音低沉偏男中音吧，有學問的黑道大哥兼帥大叔形象的貓咪，感覺不賴。

「不過，目前應該還不需要擔心。」

「目前啊？無論是什麼小事也沒關係，妳有沒有什麼不滿的地方？」

「不滿……啊！」

深月不禁喊出聲來。

因為她想起，桐谷全裸在家閒晃的那件事。

「什麼……深月小姐，對我有什麼不滿嗎？」

「有啊，你有一個壞毛病，叫你改都不改。」

桐谷一臉什麼都不知道的樣子歪著頭。

看樣子他不覺得那有什麼不對。既然如此，就不可能改善。

「果然啊……」太郎深深點頭。桐谷的反應，似乎在太郎的意料之內。接著——

「好，我決定了。深月，讓我到妳家住吧！」

他說出口的這句話，出乎深月的預料。

「咦？住我家？……是要我養你的意思嗎？」

「妳也可以這麼想。」

太郎流暢地伸展貓背後這樣回答，桐谷露出不可思議的表情。

「等一下！太郎，你在那裡亂說什麼啊？」

「我才沒有亂說，我不想讓這樣善良的女性，因為把你撿回家而變得不幸。」

「沒、沒問題啦！魔法師可以讓人幸福啊！」

此時，安靜一段時間的小讓插嘴說：「真的嗎？」

桐谷一副想反駁的樣子——不過他好像想起了什麼，於是直接閉口不語。

「魔法的確能讓人幸福，不過，光靠這一點可不一定能順利走下去。我不打算騙妳，所以醜話先說在前頭，桐谷真的是一個廢柴。」

這話說得還真是難聽，深月覺得桐谷有點可憐。

瞄了桐谷一眼，發現他已經呈現無地自容的崩潰狀態，好像有點可憐。深月開始同情他了。

「也就是說，我想盯著桐谷，減輕深月的負擔。我這雙貓手，可以借給妳喔。」

「啊……我很感謝你自告奮勇，可是……」

太郎聽到深月這樣不乾脆的回應，歪著頭問：「怎麼了？」

真的好可愛，深月其實很想就這樣把他帶回家。

可是——真的不行。

不能帶他回家住。

「其實，我家那棟公寓禁止養寵物……」

聽到深月的答覆，太郎張大眼睛眨了眨。

「喔？是這樣嗎？」

「嗯，所以沒辦法讓你住在我家。」

對不起。深月低頭道歉。

這是發自內心的歉意。

……因為，自己說謊了。

深月家並沒有禁止養寵物。

所以讓太郎住家裡，其實也不是不可能。不過，深月沒辦法爽快答應。

因為她擔心，太郎監視的對象可能不只桐谷。

（一定也會連我的生活都一起監視。）

深月低著頭，以免自己的尷尬被太郎發現。

現在和桐谷的同居生活，只有一個地方不滿意。除此之外都非常好。

而且，雖然太郎說桐谷是廢柴，但深月也知道自己在私生活方面也是個廢柴。如果放著不管，她可以餐餐外食或靠便利商店的便當解決，房間也很容易就變成垃圾屋。

如果到時候被發現，太郎也不見得會站在自己這邊。

也就是說，深月覺得太郎的提議，有種和婆婆同居的壓力。

「事情就是這樣，下次有機會，我再借助你的貓手。」

「這樣啊……既然如此，那這件事就打住吧。」

太郎很乾脆地接受這個說法。

小讓在一旁好像還打算說些什麼，不過被貓咪的肉球輕柔地阻止了。

「我們的地盤就在這一帶，所以，我們說不定很快就會再見面。如果有麻煩，就來找我們。」

「尤其是我，很快就能回應喔！妳只要叫我的名字，我馬上就會出現，畢竟我一直都在空中——」

「小讓，該走了，見過面就好了。」

太郎甩了甩尾巴，打斷小讓說到一半的話。

「深月，那以後就請妳多多指教了。」

「啊，嗯……也請你多多指教……」

聽到深月的回答，太郎便轉過身。然後，緩緩地以貓步離開公園。

小讓也緊跟在後，助跑一段便凌空飛起。「再會了！」他嘈雜的聲音從天而降，下一秒就不知道飛去哪了。

「深月小姐，辛苦了……應該是說，有很多地方應該向妳道歉。」

身旁的桐谷一臉愧疚地低下頭。

「咦？你沒有做什麼需要道歉的事啊。」

「突然要妳和我的朋友見面，又沒有事先說明他們不是人類。而且，他們又有點流氓……」

「啊——嗯，我的確是嚇一跳……不過，他們都很可愛，你不用介意。」

深月這句話，似乎讓桐谷鬆了一口氣。他一副終於放心的樣子，整個人癱坐在長椅上。

「謝謝妳。我不是在學太郎，不過深月小姐真的心胸很寬廣耶。」

「哪裡，太誇張了啦！」

「一點也不誇張喔。況且，太郎的提議連我都覺得青天霹靂。還有，那個……」

這時候桐谷變得吞吞吐吐。

似乎是在猶豫這話該不該說。

「禁止養寵物的事嗎?」

「……對,就是這個。深月小姐明明就很喜歡貓啊。」

桐谷用眼神探問「為什麼要拒絕呢?」

看樣子桐谷也發現深月在說謊。

他似乎是怕太郎他們可能會折返,所以沒有直接問出口,只是張大眼睛移動視線,持續搜索他們的身影。

「那個,我想應該是不太可能……不過,妳是想要和我單獨生活嗎?」

「咦~嗯……差不多是這個意思……吧?」

「雖然妳沒有直接回答,不過我心裡就當成這個意思,這樣想比較開心啊。」

桐谷輕巧地說完這句話,讓深月覺得心情很複雜。

因為她不知道,這句話裡的感情是不是像字面上一樣。

雖然聽起來不像場面話,但自己也想不到能讓他這麼說的理由。太郎也說過桐谷內心很冷漠,所以深月心想,他一定是那種稱讚別人就像呼吸一樣自在的類型。

儘管如此,聽到他這麼說,自己還是像現在這樣馬上就臉紅了。總覺得好不甘心。

他全裸的壞習慣一定也是這樣。他覺得沒什麼,卻讓自己心裡小鹿亂撞。

「……好不公平。」

說完之後,深月從長椅站起身。

「咦？深月小姐，這是什麼意思——」

「沒什麼意思。太郎和小讓都走了，我們回家吧！」

走了幾步回頭看，愣在原地的桐谷也站起身了。

確認完畢後，深月就要走出公園。此時——

「哇噗！」

好像穿過什麼透明的膜一樣，深月整個人向後仰。

那一瞬間，她失去平衡，差點就要向後倒了。

「哎呀，好危險。」

桐谷的臂彎正好接住深月的背。

「對、對不起，我好像撞到東西。」

「那是我準備的空間和原本空間的交界。對不起，我應該先說清楚的。所以……」

桐谷邊說邊牽起深月的手。

因為動作太過自然，深月也愣了一下才開始慌張。

「呃？咦？為什麼要牽手？」

「就算我像剛才那樣忘記說明，牽著手深月小姐就不會跌倒了。」

「我、我又不是小孩子，所以沒事啦……呃，那個，桐谷？」

「是。什麼事？」

「可、可以放手了嗎？」

深月看著自己被桐谷牢牢握住的手。

「深月小姐討厭牽手嗎？」

「也不是討厭啦……」

「不討厭的話，要不要牽著手回家？」

「為、為什麼？」

「這樣不是比較像男女朋友嗎？」

「不對不對，我們又不是男女朋友。」

「但我們已經訂婚了啊。無論如何，牽手看起來比較像已經訂婚的人。」

「……只是『看起來像』的話也沒有人會在意，應該不需要這麼做吧？」

深月甩開手，和桐谷拉開一段距離往前走。

果然還是覺得很不甘心。

他的一舉一動都讓自己很在意，但他卻如此輕而易舉地伸手就牽。

或許正是因為沒有特別的感覺才會說這些話、做這些事，但深月還是希望他能像自己這樣害羞或小鹿亂撞，就算只有自己感受到的一半也好。

（不，不對。我們只是契約關係，所以沒有特別的感覺也很正常。）

深月告訴自己要冷靜。

就像他並不是對深月有好感才要求契約婚姻一樣，深月也不是對他有好感才成為他的未婚妻。所以，對彼此沒有小鹿亂撞的感覺是理所當然的事。

「深月小姐，等等我。」

桐谷從背後追上來。

此時，她才發現自己走得比想像中還要快。糟了，就算現在慢下腳步，還是會被發現自己的焦躁吧？深月覺得有點尷尬。

「房子又不會跑，不用走得這麼急吧？」

不知道是不是察覺深月內心的想法，追上來的桐谷這樣說。

「……我想趕快回家。」

「咦？是這樣嗎？嗯，畢竟深月小姐的家很舒適啊！」

我懂。表示認同的桐谷，跟上深月的腳步。

牽手那件事，大概是因為深月已經拒絕，所以他也沒有再提。

◆◆◆

深月他們從公園回到住處大約花了十分鐘。

因為走得很快，所以比去程還要更早回到家。

「呃，放到哪裡去了啊……」

正當深月要從皮包裡拿出鑰匙的時候——

桐谷從後面靠過來，讓深月全身僵硬。

「你——」

正要抗議的時候，門鎖就喀嚓一聲打開了。

一看才發現，是桐谷在深月背後拿出備用鑰匙打開門鎖。

「……那個，桐谷，你離我太近了。」

桐谷從背後把她推向門口，深月直接地說出當下的狀況。

「對不起，從後面的確是不太好開門耶。」

頭頂上傳來的聲音，雖然是在道歉，但完全聽不出歉意。看樣子他不覺得自己有錯。

剛才牽手的事情也是，總覺得今天的他離自己很近。

到底是怎麼回事？雖然覺得疑惑，但深月決定假裝鎮定。

動作流暢地從他和大門中間鑽出來，她直接打開門，若無其事地進入屋內，脫掉鞋子直直走向客廳。

畢竟兩個人正在同居，所以桐谷也理所當然地跟在後面走進來。

（嗚……總覺得很尷尬……）

兩個人獨處讓深月覺得很不自在。因為深月也知道，雖然他的言辭和行動也有影響，但自從離開公園後，自己就有點反應過度。

儘管不想回頭，但一直背對他也很奇怪，所以深月決定轉身。

「……咦？」

一回頭便吐出茫然的疑問句。

看到深月的反應，桐谷也咦了一聲表示疑惑。順著深月的視線看過去，他馬上就知道發生了什麼事。

剛才在公園道別的黑貓——太郎，就在桐谷的腳邊。

「等等……太郎，你為什麼在這裡？」

桐谷急忙大喊，但太郎無動於衷。

「為什麼？我是跟你們一起進來的啊。」

「我不是在說這個！剛才深月小姐不是說這裡禁止養寵物了嗎——」

「那是騙人的吧？我早就知道了。」

太郎用後腳抓了抓耳後，前腳像在洗臉一樣輕撫貓臉，平靜地這麼說。

這樣的發言讓深月和桐谷都愣了一下。

「你怎麼會知道……？」

「我說過了啊，這附近是我和小讓的地盤。棲息在附近的動物——尤其是被人類飼養的動物，我們可是完美掌握了牠們的住處。」

「完美……？」

「對啊。譬如這裡左右兩家各養了狗和貓，樓上養鳥和兔子。順帶一提，房東是愛貓人士，所以我還知道這裡很歡迎住客養貓喔。」

「哇……」深月感到敬佩，坦率地發出驚嘆。

房東的事情，連深月都不知道。

「太郎，你什麼都知道耶……對不起，說了謊騙你。」

「我沒有生氣，不過倒是想知道妳為什麼要說謊。」

「那是……因為……我也是個和桐谷不相上下的廢柴，所以不想讓你看到我的廢柴生活……」

「那桐谷就沒關係嗎？」

「因為他好像比我還廢。」

「這樣啊。如果是這樣的話，我能理解。」

深月和太郎已經能夠了解彼此了。

「等一下，你們兩個都等一下。」無法加入這個小圈圈的桐谷提出異議。

「也就是說，妳不想被我當成廢柴是吧？」

「對，就是這樣……你說得沒錯。」

「原來如此。不過，深月，妳誤會了一件事。」

「誤會？」

「我已經知道妳的生活有多廢了。」

「呃……」

「我應該比妳的未婚夫更了解喔。譬如說，妳之前都吃便利商店的便當，房間差點變成垃圾屋。在撿到桐谷之前，妳身邊沒有別的男人，而且妳覺得單身很好，但父母每個月都會打一次電話來催婚。」

「……你怎麼會知道？」

「我就說這一帶是我的地盤啊！」

太郎一副受不了的樣子抓了抓臉，圓圓貓掌的肉球和毛色一樣黑。

「不只其他的貓咪，這附近的寵物和一些像小讓一樣的野鳥、老鼠、蝙蝠等動物，都會告訴我所見所聞，而且小讓最擅長在垃圾堆裡尋寶了。」

「討厭，什麼啊！真的很恐怖耶……這樣不是毫無隱私可言嗎？」

「應該是說，妳竟然覺得有隱私啊！」

太郎搖搖頭，一副傻眼的樣子。

看樣子，人類一直都在被動物監視。

也就是說，透過棲息在這一帶的動物情報網，深月廢柴的生活樣貌已經完全傳到太郎耳裡了。

看來，打從一開始就瞞不住。

「我已經掌握了妳的生活，也不打算對妳的生活指手劃腳，所以希望妳能放心。」

「這、這樣啊……那令人不安的因素就消失了呢。」

「對吧？這件事對妳來說應該沒有壞處。不僅如此，讓我住在這裡，妳反而只有好處喔！」

深月心想，桐谷好像也說過什麼好處壞處之類的話。果然，朋友之間連說話都很像。

「你說的好處是指？」

「很多啊——不過，百聞不如一見。總之妳就先試著養我，之後我就會讓妳知道，養我有利無弊。」

太郎強勢的提議，讓深月感到困惑。

其實，自己好幾次都想過要養貓，但是深月長這麼大都沒有養過動物，所以沒有自信能好好養貓。

「那個……我不懂該怎麼照顧貓咪耶。」

「我不需要妳照顧。有需要的話，我會吩咐桐谷。」

「那對我就沒有好處了啊！」桐谷不滿地這麼說，但太郎當作沒聽到。

太郎圓滾滾的眼睛，一直盯著深月。

好像在說「來，養我吧！妳不會有損失的」。

「……我知道了。不過，我有條件。」

苦惱了一陣子之後，深月這麼說。

嗯？太郎歪著頭。

「條件？什麼條件？要我住陽台之類的嗎？沒辦法，只好答應妳了。」

「不是不是，你可以在家裡沒關係。不過，太郎本來是野貓對吧？」

「嗯，出生之後就一直是野貓。」

「對吧？那要請你先洗澡。」

嗯，太郎一臉想吐的樣子。

「不，我身上沒有跳蚤或蝨子之類的啦……」

「就算是這樣，身上也會沾到土、灰塵或是細菌等各種髒污吧？而且你剛才一直抓耳朵。所以，你如果要住在這裡，就要先把自己洗乾淨。」

「深月小姐，這就交給我吧！我會把這傢伙洗成蓬鬆柔軟的家貓。」

露出微笑的桐谷把手伸進太郎的腋下，輕柔地抱了起來。

那一瞬間，太郎彷彿不想離開地面似地，身體像軟體動物一樣拉長。

「呵呵呵……太郎，你就一邊後悔打擾我和深月小姐獨處的小窩，一邊變成乾淨的貓咪吧！」

「喂！桐谷！等等。是我太強勢了！雖然我沒打算反省，但你還是原諒我吧！」

「既然你沒有要反省，那我就更不需要猶豫了。來，我們去浴室吧！走！」

「走你個頭啊！你們家有動物用的沐浴乳嗎？我可是敏感肌耶！」

「這個我會用魔法處理的～」

「怎麼這麼方便？雖然我本來就知道。」

太郎一邊喵喵叫一邊被帶到浴室。

「呼——」深月一個人待在安靜下來的客廳，深吐了一口氣。

緊接在桐谷之後，又有新的房客了。而且，還是一隻會說話的貓咪。

不必凝神傾聽，也能聽到浴室傳來太郎「喵嗚」的慘叫聲。雖然本來就隱約知道喵咪大多不喜歡洗澡，不過看樣子真的是大吵大鬧了一番。

深月開始擔心，希望桐谷不要被抓到滿身傷痕才好……這時候，還突然想到，之後應該要帶太郎去動物醫院看一下醫生。

「對了。太郎的飼料……總之，先去買個貓罐頭和乾飼料好了。」

深月決定趕快去買飼料。

「我去買個東西喔！」她再度拿起皮包，對浴室裡的桐谷和太郎交代一下便出門了。

「呃，哪裡有賣貓飼料啊？」

深月決定先去附近的超市看看。

太郎是野貓，所以應該都是隨便吃。

不過，他現在是深月家的貓，那就不一樣了，深月想要讓他吃正常的食物。況且，他要是引來什麼蟲子就糟糕了。

因此，深月開始想要認真照顧太郎。

深月買好乾飼料和貓罐頭，一回到家就有隻蓬鬆的黑貓等在那裡。

「……我變成一隻乾淨的貓了。」

太郎說這句話的時候，表情彷彿脖子上就掛著寫這句話的板子似的。他一定很痛恨洗澡，看起來他好像很生氣。

不過，他黑色的貓毛洗過之後變得更亮，整體顯得蓬鬆柔軟。

可能是眼睛周圍的髒污都洗掉了吧？太郎原本就長得不錯，現在完全變成一隻美貓，讓人根本不覺得他前一刻還是隻野貓。

太郎身後的桐谷，一臉大功告成、顯得非常滿足的樣子。

「深月小姐，我剛才很努力喔！請用力稱讚我。」

「……太郎，我可以摸你嗎？」

深月已經聽不見桐谷說的話了。

蹲下來拜託太郎之後，他一副已經放棄掙扎的樣子閉上眼睛說：「妳高興就好。」

深月輕柔而緩慢地撫摸他的頭。

「喔喔，好蓬鬆……摸起來好舒服喔……」

「既然妳這麼喜歡，剛才洗澡嚇得半死就有價值了。」

太郎雖然一臉不爽，但似乎不討厭被撫摸的樣子。被深月撫摸的時候，他甚至還發出呼嚕呼嚕的叫聲。

桐谷哀傷地站在一旁。

「深月小姐！是我努力把他洗乾淨的。是我喔！」

「啊，抱歉。謝謝你。」

「就這樣？」

「嗯……桐谷，那裡！你的臉頰流血了！」

「咦？」

桐谷用指尖擦過深月指出的左臉頰，看到手指上的血才發現，「啊，真的耶。」

「桐谷，抱歉，掙扎的時候抓到你。剛才太投入了。」

「這點小傷，沒什麼啦——深月小姐？」

深月走進房間，拿著醫藥箱回到桐谷身邊。

接著，她迅速從醫藥箱中取出消毒藥水。

「我看看你的傷口。太郎身上可能帶有對人類不好的細菌，所以要先消毒。」

「這我不能否認。」太郎一臉老實地點點頭。

「這個嘛，魔法師基本上身體強健，不太會感染……」

「只是不太會而已吧？來，還是先消毒吧？」

深月都已經準備好消毒藥水和脫脂棉了，桐谷只好把臉頰湊過去。

深月輕柔地擦拭血痕並消毒傷口。

「好，應該這樣就消毒完畢了，沒有ＯＫ繃也——」

「請幫我貼ＯＫ繃。」

拜託了。桐谷維持剛才的姿勢這樣說。

「？那我就幫你貼。」

深月在桐谷臉頰上貼好ＯＫ繃。

完成之後，她發現桐谷不知道為什麼滿臉笑容。

「……你為什麼看起來這麼開心？」

「因為深月小姐對我好，所以又能累積魔力了。」

桐谷非常開心地摸著臉上的ＯＫ繃。

看到他的樣子，深月覺得有點困惑。

只是貼個ＯＫ繃，竟然讓他這麼開心。是說，對他好的點和他感謝的點不太一致啊……

「太好了，桐谷。深月是個好人。」

太郎在腳邊感慨良多地這麼說。

就在深月心想「自己也不是多好的人啊……」的時候——

「畢竟你老是遇人不淑，感覺上輩子應該做了很多壞事。」

太郎用悲憫的眼神，像在拍肩似地，輕輕把肉球放在桐谷的腳上。

「以前，桐谷身邊都是很差勁的人嗎？」

「啊，嗯，算是……」

桐谷支支吾吾。

看樣子他不想提這件事。

發現這一點，深月也不再深究。

人多多少少都會有一些不想提起的話題。

「不過，深月小姐是好人，真的。至少，對我來說是好人。」

桐谷再補了這一句。

我是不是太多嘴了？深月本來覺得有點抱歉，不過他這樣一說，就覺得有種得到安慰的感覺。

「所以啊，太郎，我會好好生活，你就不用在意我，繼續過你的野貓生活也沒關係喔！」

「我先觀察你有沒有好好生活再說。深月都特地去買我的食物了，至少在吃完之前我都要待在這裡。」

太郎的視線望向深月放在地板上的購物袋，裡頭有貓罐頭和乾飼料。

份量還頗多的。因為不知道需要多少，所以深月買了雙手能夠提回來的份量。

「嗯，大概看一下，應該有一個月的量吧？」

「呃，我買了這麼多嗎？」

「畢竟我是在外面長大的，基本上不太會吃飼料，有這個量的話——」

叮咚——此時，門鈴響了。

「會是誰啊？宅配嗎？」

「如果是奇怪的推銷，我來把人趕走吧？」

「喔，那我用貓語來對付他。喵——」

背對兩個可靠的聲音，深月透過對講機通話。

「你好，請問是哪位？」

這麼一問，門外傳來熟悉的聲音。

『深月，我啦我啦！』

『還有我～我們來了～』

對講機的畫面上出現明美和陽菜。

「妳、妳們怎麼都來了？」

『我不是說最近會上門拜訪嗎？妳也沒拒絕啊！』

「我是沒拒絕……可是昨天講完，今天就來也太快了吧？」

『因為昨天問妳，妳說今天會在家啊！』

看樣子是自己多嘴了，深月開始反省自己的不小心。

雖然在家不代表她們可以跑來，但明美和陽菜都已經到家門口了，事到如今說這些都太遲了。

「是說，我記得妳昨天告訴我『既然你們已經訂婚，那更要重視兩人獨處的時間』那是……」

『我不是強調「更」了嗎？』

『妳也要重視和我們相處的時間嘛～』

「原來是這個意思啊……」明美和陽菜的解釋，深月能夠明白。

的確，如果是一直歌頌單身的這兩個朋友，確實是應該這樣解釋才對。她太天真了。

『我們買了酒和小菜之類的東西過來喔！』

『讓我們進去啦～拜託啦～』

「可是……」

深月回頭看向背後。

桐谷和太郎都不斷眨著眼睛。

「那個，我朋友來了，要我讓她們進來。」

「是昨天遇到的朋友對吧，讓她們進來沒關係吧？」

「我是很乖的家貓，所以沒問題。」

收到兩人的意見之後，深月下定決心。

「請進。」她打開大門讓兩個好友進來家裡。

「喔，打擾了。啊，桐谷先生，昨天我們見過面。」

「深月平時承蒙你關照了——」

兩人這樣打招呼，桐谷笑著說：「哪裡，我才受她照顧了。」

一般未婚夫應該會回答「深月平時承蒙兩位關照了」，但明美和陽菜都沒有這樣吐槽桐谷，反而大笑著說：「怎麼可能？」

此時，明美發現太郎：「啊，妳也有養貓啊？」

「嗯，對啊。真的是最近才開始養的。」

「據說單身的人養貓就完蛋了。不過兩個人加一隻貓，完全就有新生活的感覺啊～」

真好耶～陽菜摸摸太郎的喉嚨。

陽菜和深月一樣都喜歡動物，但因為怕養了就會被別人說剛才那種話，所以就一直沒養。「我也來養貓好了，反正別人說什麼都無所謂——」她很快就往忽略大眾意見的方向前進，真不愧是陽菜。

「別站著說話，請到裡面來。」

在桐谷的邀請下，兩人熟門熟路地前往客廳。

真的沒問題嗎……深月不安地跟在後面。

◆◆◆

就結論來說，非常有問題。

開喝一段時間後，深月覺得下酒菜不夠，所以自己到附近的便利商店採買。

大概十分鐘左右回到家，不過——

「哇～是深月小姐～妳回來啦！」

桐谷已經喝得爛醉。

明美和陽菜灌了桐谷太多酒。

「桐谷先生，你的酒量真好耶。」

「呵呵呵，是這樣嗎？」

桐谷正對面坐著公司內首屈一指的酒豪——明美，她正在積極勸酒。坐在明美身邊的陽菜雖然小口喝，但速度也很快。明明幾乎都沒有吃下酒菜，但完全沒有喝醉的樣子。

「深月～桐谷先生會喝酒真是太好了～」

「不……他完全不是會喝酒的人。」

深月邊說邊在桐谷身邊坐下。

深月很清楚，桐谷不太會喝酒。

「晚餐時要不要喝一杯？」之前曾經這樣問過他。

不過，桐谷說「我不太會喝酒耶」，所以之後深月就再也沒有找他一起喝了。他平時都會舉高雙手接下深月給的東西，鮮少看到他拒絕，因此他們餐後都喝咖啡。深月也配合他的習慣，在家幾乎都不喝酒。

然而，現在是怎麼回事？

看桐谷的樣子，與其說是很會喝，不如說是雖然喝醉，但還是稀鬆平常地在喝酒啊——

此時，明美放在桌上的手機傳來震動。

「啊，抱歉，我離席一下。請不要在意我，你們繼續喝。」

明美站起身走出屋外。

同一時間，陽菜也站了起來。

「我要去摘朵花～跟妳借個廁所～」

我去去就回。陽菜說完也離席了。

房門關上，兩人逐漸走遠的那一瞬間——

「深月小姐、深月小姐。」

桐谷拍拍她的肩膀，深月轉頭看他，「嗯？」

那一瞬間，眼前突然出現一束花。

那是一束以粉色花朵為基調的可愛花束，桐谷把花束遞給深月。

「請收下，這是我的心意。」

他笑著遞過來，深月不自覺地雙手接下。

「啊，謝謝你。我很開心……不過，現在這個時候送花好像不太好……」

「該不會是送花還不夠？嗯……那就……我變！」

「我不是這個意思……」幾乎在深月說這句話的同一時間——

四周傳來咚咚咚的聲音，深月身邊開滿花朵。

房間裡突然像是鋪了一層花朵地毯一樣，深月完全傻眼。

然而，犯人桐谷卻露出微笑，一副很滿足的樣子。就像幫太郎洗完澡時，一臉大功告成的表情。

唯一不同的，大概是他已經完全眼神矇矓了。

「桐谷……你喝醉了對吧？」

「……嘿嘿嘿～」

「別用傻笑轉移話題好嗎？」

「這樣深月小姐也能摘很多花，不需要像陽菜小姐一樣去其他地方，就能一直待在這裡了。」

「不是一臉正經就沒事好嗎？再說，陽菜那是隱喻，表示她要去廁所。」

「……嗯？」桐谷依然一臉正經地歪著頭。

「嗯……雖然聽不太懂，不過我知道深月小姐很可愛。」

「到底趁亂在說什麼啊……」

「深月，這傢伙已經不行了，他醉得一塌糊塗了。」

桐谷呈現呆愣的狀態，看不下去的太郎用力推了推他的手臂，但他完全沒反應。

甚至還直接往深月身上倒下。

「喂——桐谷?」

深月急忙接住他。

抱在懷裡的桐谷,身體非常沉重。

他已經完全呈現無力的狀態,這還真是……

「……你、你還真的睡著。」

喔呃呃呃——深月硬撐著桐谷沉重的身體發出哀號。

相對於深月苦悶的表情,桐谷看起來無比幸福。他呼吸平順,以安穩的表情睡著。

「這傢伙一喝酒就會亂用魔法,最後直接睡著。」

「真希望我早點知道這件事~是說,她們兩個快要回來了,這該怎麼辦?如果被她們看到,就完蛋了啊!」

房間被色彩繽紛的花淹沒,深月環視一圈後覺得手足無措。

雖然搖了搖桐谷,但他只會呆呆地說一些毫無意義的話,一點用也沒有。怎麼這樣?

此時,有個人物為深月指出一條活路。

「……輪到我上場了呢。」

「太郎有辦法解決嗎?」

「嗯,如果只是爭取時間,我能幫得上忙。」

交給我吧。說完，太郎用四條腿站起身，撥開地板上滿滿的花朵，靈巧地打開門走出去。

房門碰一聲關上。

幾乎同一時間，傳來陽菜從廁所出來的聲音。

「咦？太郎不待在客廳沒關係嗎？」

「喵嗚——♪」

「喔，要給我摸嗎？哇……喔，這裡也可以摸！」

深月實在很想知道，到底太郎被摸到什麼程度？不過，這下就清楚知道，太郎有多麼善戰了。

趁現在！深月抱著桐谷，吆喝一聲站起來。

首先，為了防止桐谷的魔法造成二次傷害，她決定先把他移到客廳外。話雖如此，因為沒辦法前往連接他房間入口的走廊，所以只能暫時移到自己的房間裡。

不過，失去意識的人真的好重。

「桐谷，你當初抱我到床上真是辛苦了……」

深月半拖半拉地移動桐谷，好不容易讓他躺在床上時，回想起和他相遇的那天晚上，於是嘆著氣這樣說。

根據桐谷的說法，他是用公主抱的方式抱起深月。

那個記憶模糊地留在腦海中。打從出生以來，就連父母都不曾做的事，他輕輕鬆鬆就為自己做到了。

「啊！客廳的花田得想辦法處理！」

深月差點看著桐谷的睡臉看到入迷，此時才回過神來。

現在，太郎正孤軍奮戰死守在門外。

他拋下野貓的自尊讓陽菜到處摸，拚命爭取時間，絕對不能讓他的犧牲白費。

「這個嘛，先把那些花跟桐谷都塞在這個房間裡……」

就在她想到這裡，背對床舖的時候——

「咦？」

深月的手臂被抓住，一把就被拉回床邊。

犯人就是桐谷。

躺在床上的他，眼睛微微睜開。

不規則反射光線，顯得閃閃發亮而不可思議的瞳孔，一直凝視著深月。

「……不要走，深月小姐。」

桐谷用不安的聲音這麼說。

深月無法判斷他的意識是否清晰。

不過他很用力地抓著深月的手臂。如字面所述，就是不想讓深月離開。

「你叫我不要走，但我得處理你變出來的那些花啊！」

「如果處理好了，妳就會陪在我身邊嗎？」

深月根本來不及回答。

桐谷緩緩舉起另一隻手，彈了一下手指頭。

那一瞬間，客廳傳來「碰——嘶——」的聲音。

那是像打開香檳軟木塞一樣，令人心情舒暢的聲音。

仔細一看，原本滿到深月房間的花朵，已經完全消失不見了。

「我處理好了喔……所以，請留在我身邊……和我在一起……」

說著說著，桐谷就這樣沉沉地睡著了。

魔法需要動用魔力。

魔力就是生命力。或許是因為消耗了生命力，他才會這麼疲勞。

此時，傳來客廳門打開的聲音。

「深月——剛才那是什麼聲音？啊～太郎，抱歉啊，讓我到客廳去吧～」

「我剛剛聽到碰一聲——咦？深月去哪了？桐谷先生也不在耶。」

似乎是陽菜和明美突破太郎的防衛網回到客廳了。

深月急忙回到兩人身邊。

仔細一看，太郎也搖搖晃晃地跟在兩人身後回到客廳。看樣子他剛才非常努力了。

「啊～桐谷他已經醉倒了，我剛才把他扶到房間休息。」

「不會吧？抱歉，我一時得意忘形，讓他喝太多了。」

「原來他是喝醉就會開開心心睡著的類型啊？那我也要跟妳說聲抱歉～」

明美和陽菜一起在深月面前合掌致歉。

「沒關係，不用在意，反正桐谷看起來也很開心。」

「那就好……既然桐谷先生睡了，那我們也差不多該結束了。」

「對啊～明天還要上班呢。來收拾一下吧！」

說完，兩人就開始清理桌上的杯盤。

她們的動作都很俐落，深月完全沒有出手的機會。

聚會的痕跡很快就被收進兩個垃圾袋裡。不愧是平常就習慣喝酒的人，空罐等垃圾的分類也非常完美。

「今天謝謝妳們了。」

深月這樣說，明美和陽菜相視苦笑。

「我們才要感謝妳，讓我們在妳家喝酒啦！」

「對啊，我們不管深月的狀況，沒有先約就突然跑來了～」

「啊哈哈。嗯，我的確是希望妳們先聯絡一下啦……不過，我也因為這樣久違地和妳們喝了一杯啊。」

深月是真心這麼想。

生活方式改變後，有些事情也會不經意地改變。

譬如人際關係之類的最容易受到影響。

有些朋友甚至會因為交了男女朋友、結婚等事情結束友誼。光是「訂婚」這個詞就可能會導致某些轉變。

今後，隨著家人、職場等公私場合中的人物逐漸得知這件事，深月的感受想必也會越來越深刻。

不過，深月覺得明美和陽菜應該能一直不變。

這真的很令人開心，也令人鬆一口氣。

「下次再來玩吧！啊，不一定要來我家，去妳們家也可以，在外面喝也行！」

「可以嗎？」聽深月這麼說，明美一邊向陽菜使眼色一邊這麼問。

「我和陽菜也想再來妳家玩，不過桐谷先生真的覺得ＯＫ嗎？畢竟很多丈夫都覺得『妻子隨心所欲地行動並非好事』啊！」

「對啊對啊～妳也知道，針對這一點我們明美前輩可是過來人耶～」

陽菜補充之後，明美接著說：「沒錯。」然後像昨天在咖啡店對話時一樣，身歷其境地點點頭，彷彿明美離婚時，對方曾經說過這樣的話似的。

「桐谷沒問題，我不會和覺得不ＯＫ的人訂婚，更不可能結婚啊！」

深月這麼一說，兩人似乎放心了。

明美拍了一下深月的肩膀，陽菜則是亮出手機畫面。

「那以後就不需要客氣了對吧？」

「對了，這個這個～之前在網路上找到一間店，想要三個人一起去～那我再邀妳！」

「嗯，那就再見啦！」

兩位好友一邊說祝妳幸福一邊興高采烈地揮手離開，深月在玄關前目送她們離去。

視線轉回室內時，太郎呈現坐姿。

「怎麼樣？深月，我有幫上忙吧？」

「嗯，你幫了大忙呢。呼……不過，剛才真危險。」

「我早就說了啊，『養我有利無弊』嘛！」

「今天真的很感謝你……所以，家裡有高級貓罐頭，要不要開給你吃？」

「喔！真的嗎？可以嗎？」

「這是我對太郎先生精采應對的謝禮。」

說完，深月打開買給太郎的食物中最貴的貓罐頭。附近的貓都說「那罐頭的味道就是不一樣」、「希望我家的主人可以用那個罐頭代替鮪魚罐」，所以太郎一直很想吃吃看。

「喔！這真的很美味。」

「合你胃口真是太好了，那我去看看桐谷喔！」

留下邊吃邊答了一聲「嗯」的太郎，深月走向桐谷正沉睡的房間。

◆◆◆

桐谷抱著枕頭沉沉睡著。

毫無防備的睡姿，讓深月不知不覺看得入迷。

「睡著了也是帥哥啊……」

桐谷的眼睛像星空一樣漂亮，但閉上眼睛之後仍然五官端正。

感覺張開眼睛之後應該可以直接登上女性雜誌封面。「嗯，還不錯。」深月想像了一下那個畫面之後，點點頭。

話說回來，這還是第一次看到他睡在床上的樣子。他睡得非常舒適，讓看著的人都跟著想睡了。

「……是說，我今天要睡哪裡？」

自己的床上已經躺著桐谷，所以沒辦法睡了。

現在叫他起來換位置未免也太可憐，但也不可能因為這樣就和他睡同一張床。

「睡桐谷的房間不就好了？」

太郎來到腳邊這樣說，但深月搖搖頭。

「我不想隨便進他的房間，還是不要好了。反正天氣也不冷，今天我睡沙發就好了。」

「妳不用客氣啦，畢竟是桐谷喝醉，霸占了妳的床，那是他的錯。而且那傢伙的房間沒有什麼奇怪的東西，他自己也說，房間裡面沒有什麼不能被妳看到的物品啊！」

怎麼樣？太郎繼續說服深月。

「真的沒關係嗎？」

「妳先到房門口看看如何？我剛剛已經偷偷進去過，真的是很有趣的房間耶。妳應該也很好奇吧？畢竟是魔法師的房間啊！」

「的確是，有一點啦……不過，桐谷不會在意個人隱私嗎？」

「讓他住在家裡的深月怎麼會說這句話？」

太郎的尾巴捲成問號後，接著這樣說：

「這裡本來就是妳家啊！而且，在意個人隱私的人類，不是會把房門鎖起來嗎？」

「原來如此，這樣說好像也是。」

接受太郎說詞的深月，決定去看看桐谷的房間。

和桐谷同居之後，走廊上出現的不可思議的房門，深月把手伸向門把。上面似乎沒有拒絕外人進入的魔法，稀鬆平常地就打開了。

「打擾了……哇啊！」

走入桐谷房間的深月，因為房裡的光景而睜大眼睛。

深月的公寓裡，毫不突兀地增加了一個附有壁櫥的套房。

不過，房間裡沒有任何正常的東西。

高高的天花板垂吊著無數的吊燈，柔和的光線灑落整個房間。

寬敞的房間的其中一面，有個直達天花板的大書櫃，還有擺滿漂亮藥瓶的木製層架、持續轉動的地球儀、巨大的天體望遠鏡、結構複雜的大時鐘等物品，就像居家裝飾一樣點綴房間。

據說每天會改變顏色的窗簾，現在是擁有天鵝絨質感的深藍色。

從縫隙中看到的屋外景色，和公寓位處的城鎮相差甚遠，看起來像是寧靜深夜裡的某個海邊。

深月走進的確實是魔法師的房間。

「這是深月期待的樣子嗎？」

先走進去的太郎回頭這樣問。

「期待的樣子？」

「聽說這個房間會根據走進來的人的想像改變樣貌。」

「什麼……也太厲害了吧？光是窗簾和窗外的景色會改變就已經很有趣了耶……」

「桐谷每天都會使用這個房間，只要改變窗邊的氣氛就很夠了吧。而且，據說不管是誰進來，壁櫥和床的位置都不會改變。」

太郎走在前面領路。

跟在後面走，便看見房間深處有一張寬敞的大床。

看起來是伸展雙手雙腳也很有餘裕的大小。

「這又是個和我家公寓一點都不搭的豪華大床……這已經超越雙人床，應該是加大尺寸吧？」

「妳看，感覺睡起來很舒服吧？反正我也會睡在這裡，算是共犯、共犯啦！」

「嗯，那就這樣吧。我先去洗個澡，你先睡沒關係。」

說完，深月洗好澡後才再度回到桐谷的房間。

太郎已經在桐谷的床上捲成一團，把設定好上班時間的鬧鐘拿過來之後，深月也鑽進被窩。

「哇……這還真舒服……」

用手壓一壓，確認彈性之後，深月不禁這麼感嘆。

這張床一如豪奢的外表，品質也很好。

表面蓬鬆柔軟，但又不會讓人過於下沉，睡起來的舒適感絕佳。棉被好像也是高級的羽毛被，就像被施了魔法般輕巧。

不過，已經躺下的深月還是有點不安。

應該是因為不熟悉這個房間吧？但是在棉被裡，每次呼吸都覺得胸口越來越悶。

（聞得到桐谷的味道……）

雖然平時並沒有太在意，但現在四周充斥的味道，絕對是桐谷身上的香味。想閉上眼睛睡覺，反而聞得更清楚。

彷彿血流逆衝似地滿臉脹熱，深月開始傾聽自己的心聲。

……覺得心跳加速。

譬如剛才半拖半拉地把他移到床上、幫他貼ＯＫ繃等靠近他的時候，就會突然聞到這個味道。

是桐谷的味道。

（……感覺是很香的味道……有種很懷念的感覺……）

深月被甘甜溫柔的香味包圍，漸漸變得放鬆。

這張床或許和整個房間一樣，都被施了魔法。

深月一邊想著這些事情，一邊安穩地睡去。

隔天早上，深月的鬧鐘響起之前。

碰一聲，讓深月馬上嚇醒。

「深月小姐！這是怎麼一回事？」

仍然睡眼惺忪的深月，因為突如其來的質問而嚇得彈起來。

打開門衝進房間的人正是桐谷，他仍然穿著昨晚醉倒時的服裝，頭髮像平常剛睡醒一樣亂糟糟。

「什、什麼、怎麼了？對不起，怎麼了——」

「妳為什麼睡在我的床上？」

桐谷這樣質問，深月愣愣地環視周遭。

挑高的天花板、無數的吊燈、高達天花板的書櫃、擺滿藥瓶的層架等……

窗邊出現透進朝陽、完全沒看過的草綠色亞麻窗簾。從窗簾的縫隙之間可以看到閒靜的山麓景色。

看到這裡，深月才終於想起自己睡在哪裡。

「對、對不起，我擅自用了你的床……」

「那無所謂！」

「咦？」正在反省的深月，聽到桐谷這句話後疑惑地眨眨眼睛。

「嗯？咦？無所謂嗎？」

「對。妳喜歡的話，我的床隨便用沒關係。真的沒關係，可是……」

「可是？」

「既然讓我睡在妳的床上，為什麼放我一個人呢？和我一起睡不就好了……」

桐谷沮喪地這麼說。

原本覺得很茫然的深月，了解他的意思之後，再度倒在床上。

因為強烈的無力感，讓她差點又回到夢鄉。

「什麼啊！原來是這種小事……」

「才不是小事！妳明明都跟太郎一起睡了……」

「太郎是貓啊……」

「他是帥貓，而且是公的！」

不對，應該是說太郎不只很帥，還是一隻貓才對吧？就在深月覺得困惑的時候——

桐谷靠過來，膝蓋壓在床上。

「……妳既然都能和太郎一起睡，那也和我一起睡吧！」

「咦——等等！等一下！」

深月慌慌張張地想逃離這張床。

不過，桐谷整個人壓了下來，讓深月動彈不得。

極端混亂之下，深月想把他往外推，但是一碰到桐谷的身體，就不自覺地收手，試圖抵抗的手臂無法施力。

「我、我上班要遲到了！」

「我知道妳還有時間！」

「是說，你不要黏著我啦！」

「可是我想黏著深月小姐——好痛！」

桐谷突然發出慘叫，從深月身上彈開。

仔細一看，原來是在深月身旁蜷縮成一團的太郎伸出前掌的爪子蓄勢待發。

「太郎！你剛才用爪子打了我的頭吧？」

「因為剛好在容易打到的位置啊。你啊，這樣會讓深月覺得困擾。立刻退下！」

「什麼……可是我想黏著深月小姐……」

「我說你啊，你越是勉強深月，她的心就會離你越遠喔。這樣也無所謂嗎？」

太郎這麼一說，桐谷就說不出話了。

「那可不行……嗯，我知道了，我走就是了，貓爪收起來吧！」

他雖然嘴裡還在抱怨，但已經下床了。

深月也趁隙下床，宛如脫兔般離開桐谷的房間。在盥洗室洗好臉之後，便逃回自己的房間。

「啊～真是的～一大早就這樣傷害我的心臟。」

深月為上班做準備，一邊塗抹隔離霜、一邊按壓熱到發紅的臉頰這樣哀號。

「深月。」背後傳來有人叫她的聲音。

從鏡子看到太郎從房門口往裡面看。

「啊，太郎，剛才謝謝你。謝謝你幫我告誡桐谷，我之前就覺得很困擾了呢。」

「哪裡，我剛起床也覺得他很礙眼。」

太郎直接說出這麼殘酷的話，讓深月不禁苦笑。

不知道是不是因為認識久了，太郎對桐谷很嚴厲。從不同的角度看起來，就像很會照顧人的媽媽一樣。

「欸，太郎，你就繼續待在我家吧！如果你不嫌棄的話。」

「咦？可以嗎？」

「嗯。你說你會派上用場，這是真的。而且，桐谷很聽你的話，我也因此得救了。」

「不過……雖然我是來監視桐谷的，但就這樣闖入你們兩個人的愛巢真的好嗎？」

「什麼？愛、愛巢？在哪裡？」

太郎一副「除了這裡還有哪裡」的樣子皺了皺眉頭。

「不過，像剛才那樣不是情投意合的狀況我才會主動打擾，基本上我也是會察言觀色的，所以請放心。」

「剛才？」

回想起剛剛發生的事情，深月的臉頰又開始發燙。

望向鏡子，臉頰果然又變紅了。深月像是為了遮掩臉紅似地塗抹粉底，然後努力冷靜地說明。

「儘、儘管打擾沒關係！基本上我們不會情投意合！所以，這裡不是什麼愛巢啦！」

太郎靜靜地看著深月一段時間。

就像在探詢深月的真心一樣，彷彿在確認「真的不是嗎？」。

「……這樣啊，不是愛巢啊！」

「嗯，沒錯。我和桐谷是因為對彼此都有利，所以才會嘗試訂婚。目前還不知道會不會結婚呢。」

「既然深月這麼說，應該就是這樣吧。那就容我在這裡住下了。我和桐谷都請妳多多照顧。」

太郎最後低下頭這麼說。

他的口氣還是那麼淡然、冷漠。

不過，他尾巴直挺挺的樣子，看起來似乎很高興。

那天晚上，桐谷洗完澡回到客廳時——

撫摸著太郎的深月，看到他的樣子覺得非常感動。

「不會吧……桐谷穿著衣服耶……自動自發耶……在我罵他之前就穿好了……」

「對，我穿好了。因為太郎說『快給我穿好』，然後露出他的貓爪……可是，我好熱。」

呼……桐谷坐在電風扇前，翻動Ｔ恤的下襬讓風吹進衣服裡。

「桐谷，你好乖。太棒了！真乖！」

「……早知道深月小姐這麼誇我，我就早早自己穿上衣服了。在太郎住進來之前、在被貓爪脅迫之前……」

「啊哈哈。但是，託太郎的福你才想到要穿衣服不是嗎？」

深月看著太郎這麼一說，桐谷便對著電風扇喊：「才不只是因為這樣——」他的行為有時候真的很像小孩子。

「其實，昨天晚上深月小姐的朋友也說過了。」

「咦？明美和陽菜嗎？」

「對啊。深月小姐離開的時候，她們一直威脅我『絕對不可以給深月帶來麻煩』、『要讓她幸福』，兩位看起來都想釐清我到底是不是適合深月小姐的結婚對象……所以我很難拒絕她們勸酒啊。」

桐谷搔搔頭一臉難為情的樣子，深月回想起友人昨晚的行為。

因為她們來得太突然，所以深月也覺得奇怪。

而且基本上她們都是自己愛喝而已，平常絕對不會勉強別人喝酒。

「深月小姐擁有非常好的朋友呢。」

桐谷說出自己心裡想到的話，深月露出溫和的微笑。

「嗯。不過，桐谷也是吧？」

對吧？深月把視線轉向太郎這麼問。

桐谷和太郎對望之後，眼神變得溫和，點點頭說：「是啊！」

「太郎，今後桐谷就拜託你了喔！」

聽到深月這句話，太郎瞇起眼睛。

這種貓咪風格的態度，就表示他的回答是「交給我吧！」。

希望深月和桐谷兩個人的婚約能夠發展成幸福的婚姻……

一隻黑貓代表懇切期盼兩人幸福的好友，就這樣加入深月和桐谷的同居生活。

第三章✦和魔法師約會

十一月。

和桐谷相遇已經過了三個月。

猛烈的颱風和酷暑早已變成遙遠的過去，東京都內開始充滿秋天的氣息。

和季節更迭一樣，深月的生活也完全轉變。

這是因為桐谷按照他的宣言，提升深月的生活品質，現在也仍然維持不錯的狀態。過去那些足以被人調侃成「魚乾女」的日子，因為有他人的加入，生活變得更加豐富；再加上桐谷營養均衡的手作料理，讓皮膚也增加了彈性。儘管是在季節更替的時候，身體狀況依然非常好。

而且黑貓太郎入住，又增添了毛茸茸的療癒效果。

深月相信，在壓力龐大的社會中生存，無論是興趣或食物，這種療癒的效果都非常重要。

保守地說，目前的生活的確充滿療癒效果……

……不過，那是指私生活方面。

公事上——就不見得有那麼順利了。

週五的下午兩點。

深月正在進行顧問的工作。

隔著桌子坐在眼前的顧客，是一位約莫三十五歲至四十歲的男性。

他是一位工程師，在平日可以休假的輪班制公司上班。因此，想諮詢的時候，經常會像今天這樣直接來訪。

原本應該是這位男性向深月諮詢相親的問題，但……

「約會的建議……嗎？」

深月像鸚鵡一樣重複他的話。

深月的反應，似乎讓這位男顧客以為是自己說明得不夠清楚。

「其實，我這幾天想邀你們介紹的對象去約會，但是我到這個年紀都不曾和女性約過會，這種交際活動也是人生第一次，完全不知道該怎麼辦才好！高山小姐，我該怎麼辦？」

男子顯得非常焦急。

不過對方一直逼問，讓深月也變得焦慮起來。

有這種問題，並不奇怪。

婚顧的工作主要就是幫那些想結婚的男女牽線配對。然而，光是配對符合設定條件的男女還不夠。

畢竟「相遇」並不是終點。

相親活動的終點是「結婚」——也就是說，直到顧客們抵達結婚這個終點為止，戀愛的大小事都要幫忙，這就是婚顧人員的工作。

因此，會遇到這種問題也很正常。但是——

（……該、該怎麼辦才好呢？）

深月沒有顯露表情，但在心裡自問自答。

其實，深月不清楚最近約會的趨勢。

因為自己的戀愛敏感度，早在八年前和唯一的前男友分手時就已經停止成長了。

深月並不是沒有和異性約會的經驗，不過，那也是學生時代的事，和社會人士這種以結婚為前提的約會不一樣。

……很遺憾，自己似乎沒有什麼能幫助對方朝結婚邁進的建言。

「約會的路線之類的東西我也完全不懂！果然還是要去有名的約會地點比較好嗎？像是觀光景點或者知名的主題樂園……我也經常聽別人說會去看電影，全部都去就好了嗎？」

在深月回答之前，男子探出身子提出更多問題。

前任員工留下來的指南上，有寫到這些問題的標準回答。自主學習時閱讀的結婚相關雜誌和網站上的報導，都有約會的相關資訊。

這些資訊中的確有提到「知名景點」、「不可錯過的路線」這種經典內容。

不過，突然被顧客問到，深月反而猶豫是否要回答這些內容。

因為她不知道直接說出自己一知半解的資訊到底好還是不好。

不知道那究竟是不是正確答案？這種約會路線是不是真的能讓眼前的男子走向幸福婚姻？因為沒有自信，所以自然而然就開不了口。

「那個……我知道您想盡快達成目標，但能不能給我幾天——不，到下週一也沒關係，能不能給我一點時間回答您的問題呢？」

思來想去，深月決定不馬上回答。

聽到深月的回答，原本探出身子的男顧客坐回到原位。

「為什麼……？」

「我有一些能介紹給您的約會路線，不過，我想應該先評估一下哪一種最適合您會比較好。」

「原來如此！如果是這樣的話，就拜託妳了。我自己也會想一想，然後一邊等待高山小姐的答覆！」

男子就這樣接受深月的提議，然後打道回府了。

……完全沒有發現目送他離去的深月，眼神看著遠方。

「桐谷！明天和我約會吧！」

看著一回到家就積極邀約的深月，桐谷睜大眼睛眨了眨。

他正在準備晚餐，穿著圍裙站在廚房裡。

另一方面，新加入的同居人太郎則是在看電視，那視線好像在問「怎麼了？」似地，望向站在客廳入口處的深月。

「約會……嗎？和我嗎？」

「對。明天是週六，我休假！啊，還是你明天已經有約了？」

「沒有，我沒有別的行程。」

「那就走吧！」

「可是我不太喜歡約會耶。」

桐谷冷漠的回答，讓深月瞬間凍結。

「不喜歡……嗎？」

「買食材之類的是因為生活需要，所以不得已而為之，但是約會就不一樣了啊。」

「那……的確是不一樣。」

嗯，深月輕輕點頭。

桐谷朝向深月的視線回到手邊的鍋中，淡然地繼續補充說明。

「基本上我只想待在家裡……盡量不外出……啊，不過這不是因為我不想和深月小姐待在一起，我很想和妳待在一起——對了！在家裡約會怎麼樣？如果這樣感覺很微妙，那就到之前和太郎、小讓見面的公園約會。」

桐谷笑著說出自以為高明的提議。

「你這個傢伙……」在深月吐槽之前，太郎就先開始教訓桐谷了。

「什麼叫做『對了』？又不是什麼老夫老妻，平常就一直都在家了，還在家約會！公園這種距離，就是普通的散步而已啊！你又不是貓。而且，把採買和約會混為一談又是怎麼回事？」

「可是，太郎啊，約會是——」

「抱歉，桐谷，你不想去的話也沒關係。嗯，抱歉，突然這樣說。」

深月笑著說完，走進自己的房間，反手把門關上。

她深深嘆了一口氣。

「……我為什麼會覺得受到打擊啊？是說，我怎麼會覺得毫無顧忌地找他約會，他就一定會答應我？」

深月連房間的燈都沒開，就這樣自言自語。

實在太丟臉了。

不過，並不是因為被拒絕，而是因為自己心裡以為，他一定會開開心心答應和自己約會……

太傲慢了，根本自以為是，太臭美了。深月腦海裡浮現的都是自我厭惡的詞彙。

「雖然和原定計畫不同，不過那也是我自己定下的計畫……沒辦法了！我自己跑一趟，再來就找明美和陽菜……不過她們兩個大概也不值得參考，星期一再到公司和大家商量吧！」

雖然不能加入自己的經驗很遺憾，但現在不僅沒時間，也沒有能累積經驗的對象。說不定用標準的回答就足以回答顧客，覺得沒有說服力而不給對方答案，或許只是一種自滿的表現而已。

「……總之，晚餐後再來查資料吧！」

從最近的一期開始，重新翻閱為學習而訂購的雜誌，然後再用網路檢索——深月想著約會路線的事情，換好居家服後回到客廳。

料理輕飄飄地浮在半空中，飛到餐桌上。

深月避開妨礙料理移動的路線坐下，太郎伸展貓背，為監視桐谷而在沙發的固定位置就座。

接著，桐谷一臉難為情的樣子坐在深月面前，開始吃起晚餐。

今天的晚餐是俄式燉煮料理和羅宋湯。

羅宋湯就像紅酒一樣，呈現亮麗的紅紫色。

「這個，比我知道的羅宋湯更紅耶……這是羅宋湯嗎？」

「我加了甜菜喔，真正的羅宋湯就是這個顏色。」

「喔，真是費工耶。」

面對深月的稱讚，桐谷笑著回答：「是啊。」

他的笑容和平常一樣，不過，在深月眼裡有點不同。

料理也比平常乏味。

深月心想，一定是自己多心了。

她自己也知道，是自己心裡被烏雲籠罩才會如此，但這也很丟臉。

（竟然因為桐谷的反應而意志消沉，我還真是不成熟。被拒絕也不是什麼不可思議的事，反正我們之前也沒什麼交情。以為人家什麼都會答應，才是大錯特錯……）

深月就這樣一邊反省自己一邊用餐。

接著，就在羅宋湯漸漸變好喝的時候——

「……那個，深月小姐。」

桐谷放下湯匙，客氣地開口說話。

「嗯？怎麼了嗎？」

「那個……剛才提到約會那件事……」

「啊～已經沒事了，你不必在意。」

「不，我陪妳去。我們來約會吧！」

「……你該不會是被太郎訓了一頓吧？」

吃飯的時候，太郎一直瞪著桐谷，讓深月有點在意。

聽到深月的推測，桐谷移開視線點點頭。看到他這個樣子，太郎嘆了一口氣。這還是她第一次聽到貓咪嘆氣。

「桐谷，我說你啊，我是為你著想才這麼說的，這種時候最好不要露餡，營造出你自己想去的感覺啊！」

「我就沒辦法說謊啊，而且我也不擅長轉移話題。」

桐谷過度坦率的答案，讓深月苦笑不已。

沒辦法說謊雖然是優點，但這種時候的確不要露餡比較好。深月的女人心也有同樣的感想。如果他從以前就這樣，肯定很難生活吧？這倒是不難想像。

……那他平常油嘴滑舌的言辭和行為，都不是在說謊囉？

深月的腦海浮現這個問題。

「是說，太郎說了什麼，讓你改變主意？」

「他說『你這種德行，會讓深月悔婚喔』……」

原來如此，深月明白了。

桐谷在意的是契約婚姻。

所以，想避免在訂婚狀態下就和深月分道揚鑣的情形。既然如此，還是強忍著陪她約會吧——會有這種想法也很正常。

那些油嘴滑舌的發言，應該是為了和深月結婚的戰略或者手段吧？深月自己得出結論，但又覺得有點淒涼。

「可、可是，深月小姐竟然說要約會，真的很難得對吧？」

桐谷這樣問，試圖改變話題。

因為他的眼神流露出「快救救我」的訊息，所以深月決定救他，讓他避開太郎的說教洗禮。

「其實是工作的時候，客人要我建議約會的路線……那個，不要笑我喔，我約會的經驗不太夠。」

「啊～所以才想實際約會是吧？不過，如果是這樣的話，問別人或者調查網路上推薦的地方不就好了？」

「是這樣沒錯……不過，想到我的建議可能會影響那個人能不能結婚，就無法隨便回答了啊！」

「深月小姐，是不是經常有人說妳想太多？」

「……是有人這麼說過……」

「我是經常被別人說想太少，我們剛好相反呢！」

明明是讓人覺得「這怎麼行」的一句話，卻讓深月覺得得救了。淒涼陰鬱的心情，感覺開始放晴。

「謝謝你，那明天你會陪我對吧？」

「對。是說，約會具體是要做什麼呢？」

「這還沒決定好。順帶一提，桐谷有沒有什麼標準的約會流程……」

「大家都說我想太少，妳確定要問我嗎？」

「說得也是。嗯，那就交給我吧，明天之前我會想好！總之，先決定出發時間就好。」

晚餐後，深月馬上開始擬定約會計畫。

然後經過重重思慮，才告知桐谷出發時間是早上九點。

雖然桐谷一口答應，不過深月已經很久沒有在休假時一大早出門了，因為最近週末都在家裡度過。應該是說，深月也和桐谷一樣不想離開家門。

是因為這樣，所以覺得有點心跳加速嗎？

「不熟悉的事情難免會緊張嘛……」

深月對自己劇烈跳動的心臟這麼說，然後繃緊神經迎接隔天的到來。

◆◆◆

翌日，早上九點。

深月和桐谷按時離開家門。

因為東想西想，導致深月有點睡眠不足，但現在她頭腦很清醒。

一開始要去的地方就是約會計畫的出發地——東京都內人潮洶湧的大型車站。

深月預計要先在車站附近的漂亮咖啡館會合。

這個地點離計畫中的其他目的地很近，而且離之前提到的男性會員和他的對象居住地都不遠。深月覺得這裡剛剛好，所以選在這裡集合。

「客人也是搭電車移動嗎？」

走出電車的桐谷這樣問深月。

這個車站是個轉乘站，所以一起下車的人潮也很多。

如果是平日的話，這個時間點還會看到很多穿著西裝的人，但今天是週末，所以大家都穿著要出去玩的服裝。

「嗯。因為是第一次約會啊，他們應該沒有親密到能開車出去玩。像汽車之類的密室可能會讓女性感到不安。」

「所以深月小姐讓我進到家裡的時候，也很不安……對吧？」

「是、是啊，畢竟你是見面不到五分鐘的陌生男人——不對，女人也一樣啦。如果讓陌生人進來家裡也不覺得不安的話，那貞操觀念和生存本能就該令人擔心了。」

「那，我是第一個那樣進去妳家的人嗎？是第一個也是最後一個嗎？」

「一定是的啊，不然我會覺得很討厭，討厭我自己。」

回想起當初相遇的事，深月沮喪地這樣回答，走在一旁的桐谷則開心地露出微笑。

他說的話和笑容都沒有深意。就算心裡這麼想，深月還是會當真。

「總之，我們趕快走吧！走吧、走吧！」

桐谷不知道為什麼，好像很不自在地開始催促深月。

原本覺得很不可思議，但深月馬上就知道原因了。

擦身而過的人都會回頭看桐谷。

出去採買的時候，也經常看到這種光景。

不過，今天受矚目的程度和平常完全不同。

應該是因為今天的桐谷比平常更帥氣吧。

上半身穿著白襯衫加灰色開襟毛衣，上面披著質地輕巧的針織外套。下半身是牛仔褲搭配皮革短靴。整體採用半正式的休閒感穿搭。

頭髮也有用髮蠟整理過，完全沒有任何缺點。

看他閃閃發亮的樣子，完全不覺得和夜裡倒在街燈下的可疑男子是同一個人。不浮誇地說，他真的很完美，讓人想送他紀念品。

「那個，桐谷今天穿得很好看呢。」

抵達咖啡店，點完早午餐之後，深月把自己在路上的感想告訴桐谷。

「畢竟是約會啊，不穿點像樣的服裝不行嘛。是說，深月小姐也是啊！」

面對面之後，更加了解桐谷今天帥氣的程度。

「呃……畢竟是約會啊……雖然只是來探路啦。」

「很可愛喔！」

「你、你真會說客套話。」

「討厭啦，我不是說過我不會說謊嗎？」

看著露出微笑的桐谷，深月不禁陷入沉默。

這個時候提起昨天說過的話，那太狡猾了。這是犯規。

「呃……今天的約會計畫就像這樣。」

不知道該怎麼反應的深月，像昨天的桐谷一樣，試圖轉移話題。

她在桌上攤開筆記，公布昨晚想好的約會計畫。

「我參考男性會員和女性會員的喜好擬定了這份計畫。」

「我覺得以約會來說，今天這個時間好像有點太早，是因為要探路嗎？」

「嗯。當天大致的流程是十一點左右在咖啡廳會合吃午餐，然後到附近的動物園、美術館、博物館，之後再去逛天文館和水族館，在和菓子店或貓咪咖啡廳休息，晚上到餐廳吃晚餐……」

「該不會這些全都要去吧？」

深月一副自信滿滿的樣子，桐谷看著她的筆記，有點嚇到似地這麼問。

「這一區的美術館和博物館有十間以上耶。」

「我打算去大型的就好……太多了嗎？」

「如果是這樣的話就……不過……」

桐谷指了指筆記上的某個項目。

「天文館和水族館應該沒辦法去喔。」

「咦？為、為什麼？」

「這不是在另外一站嗎？逛完動物園或美術館，還接著去水族館、天文館，第一次約會也太忙了。這樣會整天都在移動吧？」

桐谷一針見血地指出缺點，讓深月覺得沮喪。

其實自己最期待的就是天文館和水族館了。

「嗯……我知道了，那就先逛其他地方吧。」

「啊，還有貓咪咖啡也是，這完全是深月小姐個人的興趣吧？家裡有太郎了，妳就忍一忍吧。」

「呃，貓也不行？」

「如果是子彈旅行或兩天的小旅行應該是沒關係啦。」

「噢……我知道了。」

深月完全無法反駁桐谷極度正確的判斷，整個人氣勢全失。

就在這個時候，剛才點的早午餐送來了。兩個人都點了附番茄湯和沙拉、餡料多多的三明治拼盤。深月像抓住救生艇似地把手伸向酪梨雞蛋三明治。

兩人很快就吃完餐點，離開咖啡店開始按照計畫跑行程。

首先要前往有動物園、美術館、博物館的那一區。

這些都是公園內的設施，徒步十分鐘內能抵達。因此，要按照計畫逛完，並非不可能。

「那就先從動物園開始！」

深月買好門票遞給桐谷，兩人穿越大門進入園區內。

這裡是日本歷史最悠久的動物園。

如同平成年代火紅的流行語「攬客貓熊」一樣，現在動物園的明星正是大貓熊。這幾年也因為小貓熊誕生，再度引起熱潮。

一進到貓熊館，入口處就出現人牆。

貓熊大部分的時間都在睡覺，所以看不到也不稀奇，不過看樣子貓熊正在活動，因為前排傳來興奮人群的說話聲。

「呼……嗯……呃……」

深月拉長身體想從人牆後面看一眼。

但是只能瞥見毛茸茸的黑白花紋，沒辦法看到整隻貓熊。

「……去下一站吧。」

「不看貓熊了嗎？」

「嗯，我也不是特別喜歡貓熊，反而是比較喜歡喜馬拉雅小貓熊。」

說完，深月便乾脆地離開了。

雖然有點遺憾，但是等到能看見貓熊的時候就沒時間了。況且，自己沒有那種不惜拆散帶著孩子的家庭或者情侶也要看到貓熊的熱情。

而且動物園裡又不是只有貓熊。

貓熊館在入口處的右手邊，深月決定逆時針逛動物園一圈。

充滿魄力的老虎和獅子等肉食動物、色彩鮮豔又熱鬧的南國鳥群、北極熊和大象等大型動物、鴯鶓和以不動如山聞名的鯨頭鸛等大型鳥類，動物園裡有很多可看之處，但是——

「桐谷……你真是受歡迎啊……」

途中，深月還是說出這句話。

「啊哈哈……妳看，我就說魔法師受全世界愛戴啊。就算已經二十五歲，動物們還是會這樣……」

在苦笑不已的桐谷面前，聚集了興奮啼叫的巨大怪鳥鯨頭鸛。

明明是以不動如山聞名的鳥類，卻在這裡向桐谷求愛。鯨頭鸛不常見的怪異舉動，讓周圍的人傻眼，紛紛把目光轉向鯨頭鸛和牠注視的人……接著，看到桐谷的女性開始以高亢的聲音說：「那個人好帥喔！」

比起第一次聽到鯨頭鸛的叫聲，深月更在意那些女性發出的聲音。

其實，剛才去過的每個地方都這樣。

周邊宛如雨林深處般熱鬧，身處漩渦正中央的桐谷望向遠方，露出藏狐般的表情。

「深月小姐……我想去安靜的地方……」

「我、我知道了！好，那我們去美術館吧！」
深月帶著比動物更受矚目的桐谷，快步離開現場。
動物園慢慢逛大概要花兩個小時以上，但深月僅在喜馬拉雅小貓熊前暫時放慢腳步，就用不到一半的時間飛也似地離開了。
「那、那我們重新振作精神……下一站去美術館！」
深月一副「這裡很安靜喔！」的樣子，和桐谷一起進入美術館。
離動物園很近的美術館平常會定期舉辦特展，現在正在舉辦國際知名畫家的西洋美術展，所以入館的人也不少。
不過，因為是美術館，所以大家都安靜地欣賞美術品。
展示中的繪畫，大多是巴洛克風格的作品，華麗到可以裝飾在教堂。身上緊纏著薄布的裸體男女，不會讓人覺得情色，反而顯得神聖、美麗。
「哇啊，好美喔……」
說出這句話的人，並不是賞畫的深月。
也不是在旁邊一起賞畫的桐谷，而是某個女性的聲音。
深月朝發出聲音的背後偷偷瞄過去。不遠處，有個女人正看著桐谷。
該不會又來了吧……深月開始戒備四周。
討厭的預感成真。

和剛才在動物園時一樣，桐谷再度受到矚目。

大家趕快欣賞藝術品啊！深月雖然這麼想，但桐谷的確像行走的藝術品，所以周圍的人或許也沒做錯什麼。

「啊哈哈……深月小姐也發現了啊……」

桐谷一臉抱歉地苦笑。

看樣子他早就發現了，可能是因為深月太專注賞畫，所以他才什麼都沒說地一直陪在旁邊。

「……呃，對不起，我都沒發現。」

「不，應該是我比較抱歉……」

「對、對了！我們要不要到外面休息一下？」

深月這樣提議，桐谷一臉愧疚地點頭說好。

離開美術館前，雙方先暫時解散，各自去洗手間。

（要在哪裡休息呢……原本是想去知名的和菓子咖啡屋……）

但一個不小心，可能又沒辦法休息，再次害桐谷受累。

深月一邊煩惱該怎麼辦，一邊走出洗手間。為了和桐谷會合，她前往剛才說好的集合地點——美術館前的銅像。

桐谷已經在那裡等著。

《英文單字語源圖鑑》作者教你輕鬆搞懂「英文同義字」，
快速提升作文力與會話力！

英文同義字圖鑑

超圖解！秒懂英文同義字正確用法

清水建二──著

學習英文多年，但很多意思相似的單字，卻一直搞不懂它們到底有什麼差別？本書作者彙整多年教學心得，透過簡單的圖解，為你一次解開201個最常遇到的英文同義字的差異。只要弄懂了其中的差異所在，自然就能學會這些英文單字「正確的意義」和「正確的使用方法」，進而快速提升你的作文力與會話力，讓你聽、說、讀、寫，都跟外國人一樣棒！

50萬人都記住了！
超人氣IG英語教學團隊第一本「無壓力學習」單字書！

看IG學英文

9大單元×120個實用場合×1200個流行單字
透過熱搜話題、時事哏學單字，輕鬆提升字彙力！

看IG學英文編輯群──著

想要學好英文，你還在拿著字典從A死背到Z嗎？逾50萬人追蹤的超人氣「看IG學英文」團隊，推出專為網路世代打造的「無壓力學習」單字書，每天10個「關聯性」單字，只要5分鐘，不用硬背，就印象加倍！從校園到職場，從人際交友到美食娛樂，快速掌握英單最新用法！居家檢疫、婚姻平權、斜槓人生、動物森友會……掌握時下熱搜話題，英語力立即上線！

遠遠看見他，深月不禁嘆氣。

（他那個樣子，不可能不起眼啊……）

桐谷站在那裡的樣子，毫不遜色於立在一旁的銅像。

而且，明明就沒有餵食飼料，他周圍卻聚集了鴿子和麻雀等動物，形成怎麼看都是一幅畫的光景。和之前一樣，果然又受到矚目。

就在深月急忙走向他身邊時——

在遠處圍觀的人群中，有一名女性靠近桐谷。

看上去和桐谷同齡的女性雖然與桐谷交談了幾句，但很快就低頭鞠躬離去。

沒過多久，又有人接近桐谷。

這次是幾個很學生風的女生。

她們也像剛才那位女性一樣搭話，雖然堅持了一陣子，但也惋惜地離開了。

（該不會是被搭訕了吧？）

深月急忙趕到他身邊。

但就在深月趕到之前，又有人來搭訕。

這次是和深月同齡的女性，那個人好像遞給桐谷什麼東西。

「桐谷，久等了！」

他們還在說話，但深月刻意靠近插話。

結果那位女性一臉尷尬，說了句「如果你有興趣，就照上面的資訊聯絡」便匆匆離開。

「……總之，我們先離開這裡吧？」

「嗯……能盡快離開的話，我就得救了。」

兩人離開美術館，決定朝公園裡綠意盎然的地方前進。

只要停下腳步，桐谷就會變成觀光景點，所以他們決定邊走邊談。

「……你剛才是被搭訕了嗎？」

「深月小姐來之前，大概有五次吧。」

「也太多了吧……」

「不過，最後那個人不是搭訕，她是來挖角。」

「咦？挖角？該不會是經紀公司之類的吧？」

「對。我沒有問詳情，不過應該是模特兒經紀公司。」

桐谷遞上那名女性的名片，所以深月伸手接下。

的確是有經紀公司名稱的正式商業名片。

雖然深月也覺得桐谷是連經紀公司都會跑來挖角的帥哥，但沒想到還真的來了……

「不過，我已經拒絕了，之後也不會和她聯絡，畢竟我不喜歡出風頭。」

深月敬佩地看著名片，但是被桐谷輕輕抽起然後撕碎。咦？咦？這樣真的好嗎？

深月慌慌張張地問，但桐谷已經在她頭上把名片撕碎並且撒落一地。

一瞬間，四散的紙片變成花瓣。

「哇！呃……這也是魔法嗎？」

「真正的魔法。我就說這不是魔術啊。」

「我沒有懷疑你。你的魔力沒問題嗎？那個……自從出門之後，你就一直很累啊。」

「我的確是很累，不過今天深月小姐一直都有給我魔力啊。」

「咦？我嗎？」桐谷這樣說，深月歪著頭覺得疑惑。

因為她完全沒有印象自己做了什麼事。

「呃、那個，什麼時候的事？一開始去咖啡廳，我們各自付錢，我也沒有買飲料或甜點給你啊。」

「我說過不是實質物品也沒關係啊。」

「可是我今天還沒誇獎你耶。」

「對啊。不過，妳一直很在意我對吧？」

聽他這麼一說，深月開始回想。

與其說是在意，不如說是擔心。

因為他好像不太喜歡馬上就受到眾人矚目。

「欸，桐谷，你說你不想出去約會，該不會不是單純覺得麻煩，而是不想面對這些狀況吧？」

「對啊，這些狀況就是『麻煩』。」

「對、對不起！真的很對不起！對不起！」

深月急忙合掌謝罪。

他以不喜歡約會為由，拒絕深月的邀約。

但是，背後其實是有原因的。

結果，自己不但沒有深入探究原因，還把他帶到他最不想面對的地方。深月非常後悔，由衷覺得抱歉。

「深月小姐，妳不必道歉，畢竟最後是我自己同意出來的。」

「可是……是我不夠為你著想。桐谷這麼帥，平常出門採買的時候就已經知道你會受到矚目，而我卻……」

「深月小姐後悔的部分，感覺是在稱讚我，我應該可以覺得開心吧？」

桐谷蹲下看著深月沮喪的表情，臉上帶著溫和的微笑。

不過，同時也帶著一點陰鬱。

「那個……深月小姐，接下來該怎麼辦？我是說約會的計畫……」

被問到這個問題，深月認真思考。

按照當初的預定，接下來要在知名和菓子咖啡屋休息然後再去逛街，晚上到餐廳吃飯。這些都是經典的約會景點，一定能玩得開心。

但是，深月一想到要去那些地方就面露難色。如果去到人潮多的地方，又會像之前一樣，害桐谷碰到令他為難的狀況。

而且，深月自己也不喜歡那樣。

她不想讓桐谷為難，而且看到女生和桐谷搭訕，總覺得不舒服。這該不會是占有欲吧？察覺到自己這種麻煩的心思也很不舒服。

她還是希望把這件事當作工作所需的探路行動。

不過，既然提到工作，就必須思考這究竟是不是正確的約會計畫——

「——我們回家吧！」

「……這樣好嗎？不用探路了嗎？」

「嗯，沒關係。畢竟桐谷不開心，我也沒辦法開心。而且，我們兩個都無法享受其中的話，就沒辦法自信滿滿地把景點介紹給顧客了。所以，我們不如回家吧？」

說完，深月便轉向來時的方向，打算沿原路回去。

一瞬間，手臂被桐谷牢牢抓住並往回拉。

「嗯？桐谷？呃……怎麼了？」

事出突然，深月覺得困惑於是出聲詢問。

因為手臂被拉住，所以兩人之間的距離很近。

正因如此，深月比平時更能感受到桐谷的氣息。

「那個，我……還不想結束和深月小姐的約會。」

噗通，深月的心臟猛跳了一下。

桐谷微微加重抓住深月手臂的力道，難得有點害羞地這麼說。

「我們要不要去能夠獨處的地方？」

◆◆◆

面對桐谷的邀約，深月決定和他一起前往「能夠獨處的地方」。

到底要帶我去哪裡呢？深月心跳加速但又顯得緊張。

（兩個成年人去能獨處的地方……獨處……）

該不會是什麼可疑的密室吧？就在深月陷入這種令人難以想像兩人正在同居中的謎樣擔心時，桐谷拉著她的手臂走向車站。

接著搭上電車約三十分鐘……

「……海邊？」

最後抵達東京都內首屈一指的寬廣臨海公園。

這個時間仍是豔陽高照的時候，所以多少還是有人。不過，畢竟這裡是占地寬廣的公園，幾乎不太會有擦身而過的情形，頂多只會遠遠看到人。

「深月小姐，妳想要吃哪一個？」

心不在焉地望著大海的深月，一回頭就看到桐谷雙手拿著可麗餅走過來。公園入口處有幾台餐車，應該是在那裡買的。可麗餅分別是草莓口味和巧克力香蕉口味。

「這個嘛，我選草莓口味。是說，之前在咖啡廳的時候我就好奇，你的錢是從哪裡……」

「我有錢可以付啊，我又不是身無分文，我有時候也會去做魔術師之類的工作喔。」

「是這樣啊？我都沒有發現。明明是魔法師，卻這麼庶民……」

「所以我就說，我是很普通的人類啊！」

桐谷露出苦笑，深月還是一臉不明白的樣子咬了一口可麗餅。

不過，甜食為什麼總是如此撫慰心靈呢？深月走在桐谷身邊，感覺到自己的情緒比剛才穩定多了。

他們從寬廣的臨海草地，走向位於樹林間的步道。

一如桐谷所說，這裡真的是能夠獨處的地方。

閒靜、安穩又舒適。

「深月小姐，請給我吃一口。」

咦？就在深月疑惑的時候，身邊的桐谷已經咬了自己手中的可麗餅一口。

看到露出滿足微笑的桐谷，深月想抱怨的念頭就消失了。她反而還想告訴他想吃多少就盡量吃，這是因為他年紀比自己小的關係嗎？

這到底是什麼呢？母性？保護欲？不對，自己應該對弟弟沒興趣，但這又是怎麼回事……

就在深月自問自答，想釐清自己的心情時——

「話說回來，深月小姐，我想冒昧問一個問題。」

「什麼？」

「剛才妳是在嫉妒嗎？」

「咦？」

「在美術館前面，看到有女生來跟我搭訕，妳有吃醋嗎？」

桐谷為了確認，慎重地用同義詞再說了一遍。

聽到這裡，深月瞬間僵住，之後才了解這句話的意思——

「——吃、吃、吃什麼醋……」

深月慌張到無法轉移話題。

因為桐谷說得沒錯。

剛才，看著其他女性向桐谷搭訕，她的心裡的確亂糟糟的。

在出現平常那種「因為他是帥哥，所以也沒辦法」的果斷感想之前，她先在內心攻擊了和女生交談的桐谷。當時深月冒出「明明正在和我約會（探路），竟然又和其他女人聊天……」這種醜陋的情緒。

而且，還是在桐谷說了這些話之後，自己才意識到。以前被問到一樣的問題時，明明可以想都不想就輕巧帶過……

現在根本沒辦法讓自己保持冷靜。

好想馬上跳入大海，像貝殼一樣鑽進沙裡。

但是，自己做不到，只能先把可麗餅往嘴裡塞，假裝嘴裡塞滿東西所以無法回答的樣子。

桐谷瞇著眼，面帶笑意。

「啊，這個反應是真的有吃醋嗎？因為那些雜七雜八的女生吃醋了是嗎？」

「你、你為、為什麼那麼開心……啊……」

桐谷開心地問深月，但面對深月的反問，他只是聳聳肩就邁開腳步往前走了。

深月一臉驚訝，跟上桐谷並走在他身邊。

「……你那個『我也不知道』的反應是什麼意思？」

「哇，深月小姐，妳知道我在想什麼耶……我覺得有點感動。」

「等等，我不是那個意思。」

「那到底是什麼意思呢？」

「你是在岔開話題嗎？明明是你覺得很開心，卻不知道原因……」

「我從來不曾因為有人吃醋而感到開心，所以不知道啊。我也在想為什麼深月小姐吃醋，我會這麼開心呢？」

桐谷眼神曚矓地這麼說。

雖然視線朝向樹林，但他並沒有聚焦在樹林上。

而是望向遠方。

望向深月不知道的某個遠方……

「……欸，桐谷。」

「是。」

「那個，我們訂了婚還一起住，問這個問題真的有點太晚，但是……」

「嗯，什麼問題？」

「那個……我完全不了解你耶。」

「……這個，的確有點問題。」

「對吧，很有問題吧……」

兩個人都一邊吃著可麗餅一邊點頭。

深月不了解桐谷的過去。

應該說，除了桐谷是帥哥兼家事萬能的魔法師（二十五歲）之外，深月對他一無所知。

在不知道他從哪來、到底是誰的狀態下，就讓他住進家裡，甚至還跟他訂婚——而且至今都沒有追究過他的來歷。

「話說回來，深月小姐好像也沒問過我呢。」

「對吧？」

說完，深月不禁苦笑。

就算桐谷說「因為我施了讓妳不追問的魔法」自己也會相信，她真的太掉以輕心了。

如果深月本來就不是會在意這種事的人，那就不奇怪。

但是，以前從來沒有這樣過。

至少會在意論及婚嫁的對象是哪裡人、學生時期怎麼樣、在什麼公司工作才對。

然而，她現在竟然和一個自己完全不了解的人訂婚。

深月覺得這樣的自己實在難以理解。

身為婚顧的經驗，完全沒有用在自己身上。她現在才覺得，至少要了解會員填寫的相親資料——出身地、工作地之類的項目才行。不過，真的太遲了。

如果對方是壞人，她早就回天乏術。

「我之前也想過，為什麼自己可以這麼放心，不過當時不知道答案。但是，現在我知道了。應該是說，剛才發現了。」

深月這麼說，桐谷想了一下，認真地回答：「因為我又帥又會做家事嗎？」

自己說自己是帥哥，深月反倒覺得這樣的他很爽快。

「這我不能否認，要把這個當成理由也可以，不過……」

「不過？」

深月吃完手上的可麗餅後，轉向桐谷。

「桐谷從一開始就一直很照顧我，所以，我才會覺得舒暢。因為我有感覺到，你總是以我為優先，而不是以自己為優先。我想，一定是因為這樣，我才會覺得很安心。」

現在吃完的可麗餅，也是他發現深月肚子餓，所以主動問「深月小姐是不是餓了？」才去買回來的。

搭電車移動的時候也是這樣，在人潮中保護深月，一有座位就讓深月先坐。

不只在家裡，就連外出時也很照顧自己……

「結果我之前竟然把桐谷當成空氣。說難聽一點，就是把你當成幫傭，只是為了方便自己生活的存在。」

深月現在知道自己為什麼沒想過要追究他的來歷了。

因為一開始就對他毫無興趣。

他只是「契約婚姻」中好使喚的對象，只是一個方便自己生活的人。

直截了當地說，自己對桐谷的認知僅止於此。

只要他在家裡做美味的料理、打掃洗衣——幫自己打造舒適的環境，她不需要了解他的過去也無所謂。

所以，自己才會不知道桐谷不喜歡什麼。

結果就反映在今天的約會上。

深月暗自反省，如果提前知道或者試圖了解，就不會發生讓他為難的狀況了。

「……對不起。」

深月停下腳步，深深一鞠躬。

「不，這並不是深月小姐需要道歉的事。那天晚上，是我接受這種關係，拜託妳收留的——」

「可、可是啊！現在不一樣了！」

深月突然抬起頭，看著桐谷的眼睛說：

「我不覺得你是空氣或者幫傭！我、我想知道更多……有關你的事……」

深月感覺到自己的臉頰開始發燙。

她知道自己胸口深處的心臟正在劇烈跳動。

就像回到少女時代，向喜歡的人告白一樣。

害羞到不行，明明是自己開頭卻又怕聽到回答，感覺膝蓋都要站不直了。年齡稍長的從容，似乎都忘在家裡了。

在桐谷開口之前，深月就好想逃離現場。

「……我是這麼想啦……可是，那個，如果你不想回答的話，我也不會追問……」

二十九歲的深月禁不住緊張的情緒，選擇先拉起防線。

如果他不想說、不想讓我知道……

想到他可能會拒絕，深月就覺得好害怕。

明明幾天前，她完全不會擔心這種事，一定會想說「這樣啊，他也會有不想回答的事情啊——」然後就輕易接受他的拒絕……

（……咦？怎麼辦？我該不會是……）

自己心中萌生的感情、胸口煩悶的微苦感。

深月想要進一步確認那種感覺到底是什麼的時候——

桐谷把剩下的可麗餅塞進嘴裡。

快速咀嚼然後著急地一口吞下去。

「——桐谷充，現年二十五歲。職業主要是魔法師。從小在東京長大，從國小到大學都讀東京都內的學校。老家也在東京，雙親健在，不過如妳所知，我都沒回家。」

「……什麼？」

桐谷突如其來的一番話，讓深月一陣混亂。

不知道是不是深月的樣子很奇怪，桐谷嘴角上揚像是在忍笑。

「我試著把大致的個人資訊一口氣說完。」

「不對不對不對不對，聽起來太像普通人了。你不是說你無家可歸，結果還像普通人一樣有老家。」

「我跟家裡的人之間有些問題，所以很久沒回去了。我真的沒有說謊……反正就是這樣，大家都誤會了，我其實也是普通人。只是，會用點魔法而已。」

「抱歉，我嚇了一跳……我以為，會聽到更莫名的資訊……」

「因為深月小姐會坦率地說這些話，所以我也覺得很安心。」

噗，桐谷忍不住笑了出來。

接著點了一下頭，緩和呼吸。

「……所以，我就想著或許也可以聊聊那些不見得要知道的過去。」

深月低聲說，像在談論什麼秘密似的。

秋天的風，沙沙搖晃著樹葉。

彷彿要把桐谷的聲音留在深月耳裡，不讓別人聽見。彷彿整個世界都在守護他們。

「深月小姐，妳覺得魔法師很幸福嗎？」

桐谷像在自言自語似地突然這麼問。

「嗯。」深月點頭之後，才發現桐谷落寞的表情。

他看起來泫然欲泣。

宛如一個被所愛的世界拋棄的人。

「你不幸福嗎……？」

深月戰戰兢兢地問。

聽到這個問題，桐谷自嘲似地微笑並垂下眼簾。

「……我小的時候，很喜歡這個世界。」

他開始娓娓道來。

「我懂事以來就會用魔法，什麼都會。我以前相信這個世界非常愛我，毫不懷疑，所以我認為自己應該要有所回饋，讓這個世界變得幸福。」

側耳傾聽的深月心想，原來已經是過去式了啊。

桐谷接著說明用過去式的原因。

「對小時候的我來說，其他人也是這個世界的一部分，所以碰到有困難的人，我就會用魔法幫助他。因為魔法能夠召喚奇蹟，所以能夠使用魔法的我，應該要不惜一切幫助那些不能使用魔法的人。但是，事情漸漸變調了。」

「變調？」

「……人們開始要求我使用魔法。」

說出這句話的桐谷，仍保持微笑。

然而，在深月眼中，他的表情看起來像是被人深深傷害過。

尖銳的玻璃碎片劃出小小的傷痕，在他毫無防備的肌膚上留下數之不盡的傷口，

那樣的痛楚像血一樣從他身上流露出來。

「幼稚園的時候我開始覺得奇怪，朋友總是叫我去收拾打掃。他們說『小充很快就能收拾好，那就拜託你了』。」

遠方傳來孩子天真無邪的聲音。這裡有離海很近的大草皮廣場，大概是有孩子在那裡玩吧。

伴隨遠方熱鬧的聲音，桐谷淡然地繼續說下去。

「升上國小、國中、高中之後……學校裡擦黑板或活動收拾善後等雜務，都自然而然推到我身上。很奇怪對吧？我明明就沒有告訴任何人自己是魔法師，但是大家不知道從什麼時候開始，覺得我做這些事情理所當然，也不會感謝我。後來，我漸漸不知道自己做這些事情到底有什麼意義，也開始討厭這個世界。我也是從那個時候離開父母……不過，讓我不相信人類的關鍵，是一個女人。」

「咦？」

他突然提到過去的情史，讓深月慌了手腳。

雖然希望有點心理準備，但要是開口讓這個話題打住，可能就很難有下一次機會，所以深月還是忍住了。

「女人是指前……女友……嗎？」

深月戰戰兢兢地問。

桐谷二十五歲，已經是成熟的大人了。

而且又擁有這樣的外表。不管是前女友還是前男友，有一、兩個舊情人也很正常。自己之前應該也是這麼想才對。

……可是，儘管心裡明白，但總覺得心裡微酸。

是交往很久的女友嗎？現在也會想念那個人嗎？

又不是國中生，別這麼幼稚。深月這樣告訴自己，然後等著桐谷回答，但是……

「無論跟誰都沒有交往超過一個月，所以我也不知道算不算是前女友。」

「都沒有超過一個月……那個，為什麼會這樣？」

桐谷完全沒有露出感慨良多的樣子，反倒讓深月覺得撲了個空。

桐谷對過去的情史，比自己想像的淡然。

畢竟他和深月都已經在同一個屋簷下生活一個月了，如果訂婚也算是交往的話，深月已經更新他交往最久的紀錄了。

「我就是個廢柴製造機。」

什麼？深月瞬間停止思考。

「這是什麼意思？」

「和我交往過的人，剛開始都是認真生活的人。但是，之後我如果拒絕使用魔法——也就是拒絕她們利用我的話，就會顯露出討人厭的一面。」

「討人厭的一面是什麼？」

「說『以前不是可以嗎？』或者『為什麼不幫我？』之類的，對我生氣、怒罵……不過，那一定是我的錯，因為我總是用魔法幫她們做事，她們因此產生依賴，變成什麼都做不了的人。所以——」

「沒有這回事！」

深月不禁大聲說出相反意見。

桐谷悲傷地看著自己的手掌，聽到深月的聲音便目瞪口呆地抬起頭。

「桐谷是出自善意才幫忙，是大家太依賴你了。那不是桐谷的錯，就像喝了酒會顯露出本性一樣，那些人本來就廢，只是沒有顯露出來吧？無論做什麼，都被當成理所當然，那一定會覺得很討厭啊！能被依賴的確很開心……但是，並不代表想要做什麼都變成理所當然啊！」

「呃……深月小姐為什麼這麼生氣呢？」

桐谷一臉不可思議地問，深月才瞬間冷靜下來。

為了掩飾尷尬，深月咳了一聲才說明生氣的理由。

「那是因為……我也有一樣的感受……」

現在自己在公司也是這樣，深月從小就是會被依賴的體質。

不知道為什麼，大家什麼事都來找她。

完成一件事，又會拜託另一件事。

這樣一件接一件，不停重複循環的時候，一回神才發現那些已經變成深月理所當然該做的事了。深月一直活在這種宛如詛咒的現象之中。雖然曾經試圖脫離這種循環，但現在仍然維持相同的狀態。

「所以，聽到你的往事，我就想到自己。」

「畢竟深月小姐雖然不會和我抱怨，但其實是很辛苦的人啊！」

「咦？你是從哪裡判斷……？」

「太郎和小讓說，在外面看到深月的時候就這麼覺得。還有，妳的朋友到家裡來的時候聊到的事情也是……總之，我只知道妳的工作好像很辛苦。」

明美和陽菜到底說了什麼？在深月覺得不安之前，桐谷這樣回答。如果是工作的事情，大概也沒有什麼會丟臉的吧……深月想要相信自己的兩個好友。

「是說，我沒問題嗎？桐谷用魔法也幫我做了很多事耶。」

「深月小姐不會對我做出無理的要求，而且還讓我住在家裡，幫我出生活費，還提供我魔力。」

「最後魔力那個部分我是不太清楚……不過，只要桐谷不覺得討厭就好。」

「我不覺得討厭啊，真的。應該說——」

看到深月鬆了一口氣露出微笑，桐谷話說到一半又閉口不語。

不知道為什麼一直盯著深月看。

「怎、怎麼了？」

「……沒事，我想說要來大顯身手一下。」

「大顯身手？要做什麼？」

「這個嘛，到底是什麼呢？」

桐谷笑著岔開話題，牽起深月的手。

「我們到更裡面一點，沒有人會來的地方吧！」

「沒、沒有人會來的地方？呃，為、為什麼要去那種地方？」

「當然是因為怕被人看到啊！」

「咦？呃……咦？」

深月不禁臉頰泛紅，一張嘴開開闔闔。

看不出來桐谷有沒有注意到深月的反應，他只顧著牽起深月的手，以輕巧的腳步朝沒有人煙的樹林深處前進。

深月還是第一次像這樣和桐谷手牽手。

和太郎、小讓第一次見面的那天，差點跌倒時握住的手。甩開那雙手之後，一直都沒有再度牽手的預兆。

不過，在那之後季節更替。

秋風的寒冷，讓她比之前更清楚感受到手掌的溫暖。

深月發現這件事時，終於走到開闊的地方。

不過，這裡完全沒有人走動。

剛才還能聽到孩子吵鬧的遊戲聲，這裡完全聽不到，彷彿進入另一個空間。這裡只有深月和桐谷。

「真的好像不會有人來耶……」

「對啊，不會有人來喔。因為這裡是用魔法打造的空間。」

「咦？你用了魔法嗎？」

「對。這裡就像深月小姐和太郎、小讓見面的那個公園一樣，是個異空間。隨意使用魔法不會被旁人看到，魔力消耗量也比平常低，可以做很多事情——譬如說，像這樣……」

桐谷朝天空張開手。

就在這個時候，周遭突然暗下來，變成夜晚的世界。

時間彷彿比剛才散步的公園快了一步。

接著，桐谷撿起落在腳邊的樹枝。

像指揮棒似地一揮。

……從樹枝的尖端飛散出光點。

那些光點就像閃爍的星星一樣，不斷在空中發光，宛如一幅畫般浮現星座。

深月不禁看得入迷時，她的眼前突然劃過一道流星。

「哇，好像天文館一樣！好美……」

「還沒結束呢！這次是──水族館。」

桐谷一揮樹枝，宛如魚影的無數光芒從海的方向騰空游了過來。彷彿銀色的沙丁魚群在海中一圈一圈環繞，打造出龍捲風般的漩渦，這些魚形光芒在深月和桐谷的身邊飛來飛去，然後漸漸升空。

漩渦之牆外，可以看見巨大的魔鬼魚和海豚，就連鯨魚都悠游其中。

最後，這一切都被天空吞噬，就在深月以為周遭會回到一片黑暗的瞬間──

砰！

類似煙火的爆炸聲和閃光，讓深月嚇得尖叫並閉上眼睛。

再度張開眼睛時，細碎的光之雨落在深月和桐谷身上。

光之雨閃閃發亮，像雪一樣緩緩落下，輕飄飄地浮在深月和桐谷的周圍──最後，悄無聲息地默默消失。

深月眼前只剩下一名黑髮的魔法師。

他慎重地行禮，彷彿在告訴觀眾表演結束。

「好……厲害喔！」

深月臉頰泛紅，看著桐谷興奮地稱讚他。

這是人生中第一次看到這麼美的絕景。雖然以前曾經看過夜裡的流星群，但是沒有像現在這麼感動。

「像變魔術，又像是幻覺……不對，果然還是魔法吧！好精采！桐谷，真的好精采喔！這已經超越感動了！」

「只要妳高興，我就覺得值得了。」

呵呵呵，桐谷害羞地抓了抓頭。

「可是……魔力不是桐谷行動的能源嗎？像剛才那樣把名片變成花瓣，或者像現在這樣用掉大量魔力，真的沒關係嗎？」

「這個嘛，因為深月小姐今天給了我很多魔力啊。」

「但是省下來不是比較好嗎？」

「是這樣沒錯啦……但是該怎麼說呢？剛才也是這樣，總覺得……」

「總覺得？」

「想看到深月小姐的笑容。」

桐谷有點害羞地露出微笑。

在桐谷面前，深月覺得自己的心跳聲好吵。

這種心跳加速的感覺，是光之魔法秀帶來的興奮和感動的餘韻嗎？

……如果不是的話，那就是對桐谷心動了。

不過，自己對他應該沒有「喜歡」之類的戀愛情感才對。

自己對他應該沒有什麼特殊情感。

至少，深月在幫助他的那天，並沒有一見鍾情的感覺。雖然他的外表的確是自己喜歡的類型，但倒在路邊的可疑人物外加魔法師等印象太過強烈，所以真正把他當成異性看待其實是從——

（……糟了，不是從今天才開始。）

從桐谷剛洗完澡，怕熱不穿衣服的時候就已經開始了。回想起當時在床上聞到他的味道時，的確感到心跳加速。

深月用力甩甩頭。

感覺依序回想反而會越陷越深，所以她決定忘記這件事。不能再繼續想了，不行……

「那個，深月小姐，妳的頭怎麼了？」

「啊，不，我沒事！啊！是說，今天的行程，就是這裡最好！」

「是這樣嗎？那還好我們有來。」

「欸，桐谷，你來這裡動用魔法……該不會是因為你發現我想去天文館和水族館吧？」

自己明明就沒有說過想要去。

深月這麼問，桐谷便露出微笑。

「其實我想都帶妳去逛一逛，不過時間上有困難，所以才想說用這種形式呈現，妳要是覺得開心那就太好了。」

「怎麼可能不開心！我都感動到手在抖了耶！託你的福，我玩得很開心。」

「託深月小姐的福，我也玩得很開心。」

「桐谷動用魔法讓我享受美景，但我什麼都沒做……」

「不，深月小姐因為在乎我的感受，所以移動到這裡啊。不過，和深月小姐的約會計畫相比，這裡真的什麼都沒有呢。」

「怎麼會？我知道不管在哪裡，只要和桐谷在一起，就會很開心啊……啊！」

「怎麼了？」

「就是這個……嗯，沒錯，就是這樣！」

深月開始大力自我認同。

因為經過一天的約會，她發現非常重要的事。
「就是這個？什麼？」一旁的桐谷覺得很困惑。
桐谷當然猜不到是怎麼回事，深月便接著說明自己的發現。
「那個，我想到工作上的事。我覺得應該可以好好建議會員約會地點了。」
「啊，那件事啊！真是太好了。」
「這也是託你的福喔！謝謝你！」
深月說出感謝的話，或許也能成為魔法師的魔力。
桐谷開心地笑著說：「不客氣。」

假期結束後的星期一。
當天下午，深月和之前那位男會員見面討論。
「之前您提到的知名約會景點的事情，這一區和那一區都是約會的經典景點。」
深月亮出上次探路過的區域地圖加以說明。
男子看著深月指出的位置認同地點點頭。
「原來如此，那裡的確有很多情侶。」

「是啊。我想應該也符合兩位的喜好，所以不妨加入約會的路線。去哪裡約會應該沒有正確答案，所以兩位商量後再決定，對今後交往也比較好。」

「今後的交往啊……說得也是，如果結婚的話……啊，我是說如果！結婚的話就必須一起商量再做決定嘛。」

男子害羞地這麼說，深月笑著點頭。

感受到男子內心的期待和幸福的情感，深月也覺得很興奮。

「高山小姐，除此之外，約會的時候還有什麼要注意的嗎？」

「服裝就像剛才提到的那樣就可以了，時間也……對了！雖然是我個人的經驗……」

深月想起前天的經歷以及從中學到的東西。

那是深月覺得最重要、最想要傳達出去的重點。

「比起在意『到哪裡約會』，配合兩個人的個性和心情『如何度過約會時光』才是最重要的事。」

深月以清晰的口吻這麼說。

大家覺得受歡迎的地點、視為經典的路線，如果不適合彼此就沒有意義了。有時候像桐谷提議的在家約會或者到附近走走，反而比較好。

「兩個人都覺得『開心』，一定就是最棒的約會了！」

和上次不同，深月這次充滿自信地發言。
聽到她這番話，男會員也眼睛發亮地說：「的確是這樣沒錯呢！」
「我知道了。高山小姐，我會用心打造一個開心的約會。」
「嗯，我替你加油！」
「謝謝妳！我會努力讓妳聽到好消息！」
說完，男會員精神抖擻地離開深月的諮詢室。
「要是這次約會能夠發展到結婚就好了……」
深月在男會員離開後的諮詢室內自言自語。
彼此都要過得開心。
體貼一起度過約會時光的人。
這就是約會時最重要的事了吧？
而且，這道理或許和婚姻生活相同。

◆◆◆

幾天後，男會員傳來好消息。
「你聽我說！那位客人約會好像很成功，決定以結婚為前提交往喔！」

下班後回到家，深月馬上就把這個好消息告訴桐谷。

「喔，真是太好了。值得恭喜啊！」

「對吧～我也很高興。」

相較於掩不住喜悅之情的深月，桐谷的反應卻很冷淡。

應該是說，正在準備晚餐的他看起來很沒精神，魔法也顯得黯淡無光。

「桐谷，你不舒服嗎？」

「沒有，我只是覺得那個不知道是哪位的男會員有進展真是太好了。」

桐谷毫無感情地說了這句話，讓深月直冒冷汗。

他不是身體不舒服，而是心裡不舒服。而且，原因和深月有關。

（不應該因為別人結婚的話題而開心的，我自己都還在訂婚狀態，一直讓桐谷空等……）

深月深深反省自己的少根筋。

幾乎沒有想到訂婚以後的事情，真的很丟臉。

如果在戀愛中添加燃料的話，或許會馬上衝到終點，但是和桐谷之間的關係太過平穩，有時會讓深月忘了還有結婚這個終點。

不過，桐谷似乎記得很清楚。

和深月之間的契約婚姻對身為魔法師的他來說是致命的問題，當然不能忘記。

「那個……桐谷……呃……能再等我一下嗎？」
看著桐谷鬧彆扭的側臉，深月擠出這句話拜託他。
「……等是無所謂啦……」
「嗯，謝謝你。」
「不過，妳沒辦法馬上決定是有原因的對吧？那個，深月小姐，妳該不會是討厭我吧？」
「不是，沒有那回事，其實我喜——」
話說到一半，深月就僵住了。
桐谷也一臉驚訝地看著深月。
「那個……深月小姐，妳剛才——」
「我說等一下。再等我一下。有很多事要思考……請等我一下。」
深月緊閉嘴唇。
表示自己不會再多說什麼，桐谷也老實地放棄，回答：「我知道了。」接著，他的視線便拉回手邊正在做的料理。
瞄了一眼他的側臉，深月快步走向自己的房間。
關上房門，脫衣準備換上居家服，然後突然脫口而出：
「我果然……還是喜歡他吧……」

深月開始發現自己已經被桐谷吸引了。

……然而，在那之後不久，她才了解對方真正的心情。

第四章✦（未來）丈夫的魔法

和桐谷相遇——也就是說，和他訂婚已經邁入第四個月。

打著工作的名義，兩人第一次有過像樣的約會，但那也已經是一個月前的事了。

……然而，深月還沒在桐谷的婚姻契約書上簽名。

背後並沒有什麼負面的原因。

桐谷已經是深月生活中不可或缺的存在，約會的時候也多少了解了他的來歷。雖然還想多了解一點，但是可以慢慢來沒關係。

話雖如此，深月還是無法在契約書上簽名的原因是……

「欸欸！趕快簽一簽不是很好嗎？像這樣！唰一聲就簽好！」

烏鴉小讓在電線杆上這麼說。

剛才在下班回家的路上遇到之後，他就一直在深月的頭上盤旋。擦身而過的人一定會以為深月是被烏鴉盯上的可憐女人。

他大概是聽太郎說過近況了吧，遇到深月三秒後就一直在說契約婚姻的事情。而且，很吵。

「為什麼不行？妳不喜歡那傢伙嗎？」

小讓說的這句話，讓深月不禁停下腳步。

「嘎——」一回頭，小讓就叫了一聲。

剛才只是一般的烏鴉叫聲，但深月聽起來像是在確認：「妳喜歡他吧？」小讓像是在等待回答似地，一直盯著深月看。

「……」

深月保持沉默，再度邁開步伐。

告訴小讓的話，不知道事情會傳到哪裡去，也不知道會被傳成什麼樣子。之前，深月在路邊撿到百元硬幣，小讓就把這件事說成撿到一百萬，還傳到太郎耳裡。而且，那個百元硬幣還被喜歡發光體的小讓搶走了。

「好啦，算了！妳如果有什麼煩惱，隨時來找我商量！我還滿了解桐谷的。」

「要商量我也會先找太郎。」

「哇，妳和冬天的空氣一樣冷漠欸！哎呦，真的變冷了。我要回去了！妳回家的路上也要小心喔！」

「是說，我都已經要到家了。」

「喔，聊著聊著馬上就到家了！那，妳就跟著烏鴉一起回家吧～♪」

小讓唱著童謠〈晚霞滿天〉，吵吵嚷嚷地飛走了。

「……我們……明明就沒有感情啊……」

看著小讓消失不見、逐漸日落的天空，深月脫口這麼說。

腦袋裡思考著自己和桐谷之間的關係。

相遇的時候，深月對桐谷的印象除了魔法師之外，就只是個「好使喚的帥哥」而已。

面對同時提出優點和缺點的桐谷，深月覺得很有共鳴，也從利益的角度看待他。

也就是說，當時並沒有其他的感情。

然而，最近深月經常因爲桐谷而有心跳加速的感覺。

那就是對桐谷產生「其他情感」的證據。

戀愛時的感覺，深月已經遺忘很久了。然而，在和桐谷約會之後，那些戀愛的感覺漸漸從遺忘的遠方拉回來。

……自己可能是真的喜歡上他了吧。

如果是這樣的話，或許可以積極看待契約婚姻的事情。

儘管如此，她至今仍未在契約書上簽字，其實是因為深月心裡還有懸念。

——那就是自己不清楚桐谷的想法。

桐谷說他想要能夠提供魔力的對象。

也就是說，不是深月也無所謂。

「……如果誰都可以的話，真的很淒涼耶。」

想到這裡，感覺心裡吹起一股寒風。

如果一直保持沒有任何感情的關係，或許現在就能毫不猶豫地決定結婚了。

既然自己心裡產生別的情感，和桐谷在沒有愛的狀態下結婚，自己到底能不能忍受單相思的空虛感？深月無法擺脫這樣的不安。

「……說到這個，我的願望到底是什麼？」

和桐谷相遇的那個晚上。

和初次見面的男子獨處，而且最後還睡著，在這樣失態的狀況下深月說出自己已經遺忘的「願望」。

桐谷說，如果願意和他締結契約婚姻，他就會用魔法幫自己實現願望。

有些事情能靠他的魔法實現，但有些不行。深月無法判斷箇中區別，不過至少可以確定自己許的願是可以實現的。

「是說，魔力到底是什麼啊？」

桐谷說過魔力就是生命力。

但也不是透過吸取壽命之類的來取得魔力。

而且，「感謝」也能提供魔力。只是他也說過，不僅如此而已。

誇獎或者給予某些物品──像是水或者ＯＫ繃──也會有相同的效果。

還有……

「……『有點害羞』又是什麼意思？」

桐谷一開始說明的時候，就說因為有點害羞所以並沒有講清楚。

因為他強調覺得害羞要保密，所以之後也沒有再深究。雖然問過太郎，但是太郎表示「這不是我能說的事」，一副意味深長的樣子逃避回答。

「小讓看起來就不是會保密的樣子，應該會告訴我。早知道就應該問他……不對，這說不定是不能問的問題……」

和桐谷之間的關係、深月的願望、魔力到底是什麼？

有好多問題需要思考答案。

深月東想西想的時候，不知不覺就到家了。然而，她在玄關大門前停下腳步，再度陷入思考。

就在這個時候，公司用的手機傳來震動。

從這幾天的經驗來看，不用確認深月也知道是誰傳來的郵件。雖然現在不想看，但沒辦法還是得確認才行。

寄件人果然一如預料。

「真是憂鬱啊……」

工作上也有必須思考的事。

社會人士真的好累。嘆了一口氣之後，深月裝作若無其事的樣子，然後說了聲「我回來了——」才踏入家門。

像往常一樣，人在廚房的桐谷說：「歡迎回家，深月小姐。」

然而，接下來發生了不同於以往的事情。

桐谷一看到深月的臉，就把料理交給魔法離開廚房。

接著，他從容不迫地伸出雙手包住深月的臉頰。

「咦？」面對桐谷突如其來的行為，深月發出奇怪的聲音然後僵住。

「怎、怎、怎麼了？這是……什麼意思？」

深月滿臉通紅，桐谷仍一臉正經。

「沒事，我想說外面應該很冷吧？」

「咦？還、還好啦……」

「妳沒有哪裡不舒服嗎？」

「咦？嗯……應該吧，為什麼這麼問？」

「因為深月小姐的臉色比平常蒼白啊。」

桐谷由上往下看的眼神，看起來有點不安。

看到那樣的表情，深月的心被緊緊揪住。

桐谷發現自己極力隱藏的異樣，這一點也很令人高興。不過，深月不想讓他太擔心。

「啊……可能是因為已經年底，累積了不少疲勞啊。」

「這樣啊，不要太勉強喔。是說，深月小姐就是會勉強自己的人，至少飯要多吃一點。今天晚餐吃火鍋。」

「嗯，我會多吃一點的。」

「還有，如果有什麼煩惱，請和我商量。」

桐谷這麼說，深月猶豫該怎麼回答。

我是有煩惱啦……現在就有個足以讓我臉色蒼白的煩惱。可是……

「……桐谷，魔力到底是什麼？」

「這該不會就是妳的煩惱吧？」

深月回答：「嗯。」桐谷馬上說：「就說那是秘密。」然後逃回廚房了。

看著他逃走，深月心想總算矇混過關，鬆了一口氣便回到自己的房間。

關上房門——確認公司手機那封剛收到的信。

那是某位男會員寄來的信。

如果只是這樣，平常也很常有。

……然而，問題在於信件的內容。

「『二十四日那天有空嗎？』那天可是聖誕夜耶……」

深月不禁一頭倒在床上。

好想回一句「我沒空」，然後結束這段對話。

不過，對方是顧客，實在很難用這種冷淡的方式回應。

深月眼下的煩惱……就是被那位顧客追求。

◆◆◆

進入聖誕季節的十二月，深月的公司顯得格外冷清。

一般人可能會覺得，這個時期特別需要人陪，相親活動應該會很活絡。

然而，實際上婚姻諮詢所或婚顧公司的旺季都不在這個時期。

十二月是尾牙的季節，又稱師走月，如字面所示，對社會人士來說往往是最忙碌的季節。很少有人會刻意選在這個時候相親，反而是過了年末，正月回老家的時候才會有很多人意識到結婚這件事。

因此，一月份入會的人會增加。

十二月份的會員諮詢人數會減少，相對而言每個人的諮詢時間通常會拉長。

深月回顧現狀，認為這也是造成這事故的原因之一。

「二十四日那天妳要工作啊？抱歉，我想說如果妳剛好有空，那就表示是命中注定，才會想約妳吃個飯……只吃晚餐也沒關係。不行嗎？那隔天怎麼樣？如果也不行的話，再隔一天或者年底有空的日子也可以。」

真纏人……深月不禁遠目。

對方直接傳來的壓力也不小，所以深月把椅子微微調低。

現在，深月正在接受某位男會員諮詢……如果這可以稱為諮詢的話。

男會員的年齡介於三十歲到三十五歲之間。

乍看之下是個老實人——也就是所謂的草食系男子。

但實際上對方一開始就說過：「我不擅長和人說話……」連和人對上眼都有困難，所以故意留長瀏海遮住視線。雖然身上穿著私服，但是全身從上到下都是黑色，所以給人的印象很陰暗。

不過，他和深月年齡相仿，而且也有共同話題，所以可能因此覺得安心。他話多到讓人覺得「不擅長說話」根本就是騙人的，深月甚至連插嘴的餘地都沒有。

他在聽完說明的那天就完成入會手續，之後便開始定期諮詢。話雖如此，入會還不到兩個月，那位男會員便對深月越來越敞開心房。

不久，他便從沒有戴婚戒得知深月單身。

「高山小姐還是單身！對了，那我就有機會了吧……」

深月不知道他在說什麼，但他已經自己在那裡窮開心。

那大概是十天前的事情。

從那之後，他就會像今天這樣，猛烈追求深月。

昨天，回家前收到的信件也是那位男會員傳來的。雖然很商業化地回覆他，可是昨天講完他今天還是這樣。

趁著其他諮詢者比較少，最近他便經常占著深月的諮詢室，而且同事們都在忙自己的工作，沒辦法幫忙。

如果是平常的話，深月通常是幫助別人的角色，所以大家也沒有太過擔心。大家都想著：「高山小姐應該能夠一個人應付吧？」

深月痛很自己這種時候還無法高明地拜託別人。

「如、如果您有空的話，要不要和其他有空的女會員見面？我這裡有幾個人選。」

「這個……我覺得和高山小姐以外的人見面，也沒辦法好好聊天耶。」

「不會的！」

深月拚命說服對方。

深月在內心大喊：「來這裡諮詢，結果只顧著追求諮詢員是怎麼回事！既然如此就要努力嘗試和其他女性聊天啊！」

深月其實很想一句話回絕他。

只要說「我有未婚夫了」，就可以結束這種沒完沒了的對話。

然而，男會員並沒有什麼關鍵性的脫序行為，就算有也不能說出「我有未婚夫」這種話。如果對正在努力相親的顧客說出這種話，對方客訴「顧問炫耀自己已經訂婚」，那深月也無話可說。

所以只能左躲右閃地推託，一有機會就建議幫他配對女會員，本來用這種戰法抵擋了一陣子，但現在已經完全變成消耗戰了。話雖如此，其實也只有深月在消耗能量。不過，這場消耗戰也不會持續一整天。

就算深月說：「下一個預約時間已經到了。」他仍然死纏爛打，直到其他會員真的來到現場，他才理解不能再拖下去。

心不甘情不願地緩緩起身，最後還在諮詢室入口處停留數秒盯著深月看。雖然他露出一副今生難再相見、留戀不已的樣子，但總算回去了。

剛開始，深月以為事情會就此結束，也鬆了一口氣。

……然而，深月最近才知道，事情沒有這麼簡單。

他先是寄信到公司的手機。

諮詢結束後傳了一封信。工作時，又傳了數封無謂的信件。

看準深月差不多要回家時，再傳一封。如果深月有回信，就會來來回回傳好幾次……

「深月，我最近聽到傳聞，妳好像碰到不得了的客戶了？」

「該不會，剛才的信也是那位傳來的？」

吃午餐的時候，明美和陽菜看到深月的公司手機傳來震動，擔心地這麼問。

「啊——嗯，不知道該說他怪還是什麼，現在變成在追求我。」

「就是搞不清楚狀況，想泡顧問對吧？」

「這就很怪啊！」

「嗯——說得也是。」

就在抱怨顧客、深月覺得有點罪惡感的時候——

餐廳外有個眼熟的男子正在朝自己揮手。

「——的確很怪，嗯。」

「哇啊……他就是傳說中的……」

「深月，妳該不會被跟蹤了吧？」

是因為深月和朋友在一起嗎？男子只是揮揮手就離開了。

不過，公司的手機馬上傳來震動。

一看畫面，就是男子傳來的信件。

「他說什麼？」明美的眼神像是看到什麼恐怖的東西一樣。

「他說『下次我也想和妳一起吃午餐耶！』……」

「不行啦！」

「不行不行不行不行！」

聽到深月讀的這段話，明美和陽菜盡全力搖頭。

兩個人都比深月還害怕。

「……深月，我不會害妳，去和上司商量，換一個負責人吧。」

「是啊，都已經到了這種地步了……」

「沒錯沒錯。是說，妳只要趕快和桐谷先生結婚就好了啊～」

「……為什麼提到這個？」

陽菜的提議讓深月一臉驚訝。

不過，明美也爽快贊成說：「啊，這個方法不錯。」

「那個人以為深月單身，所以才會這樣吧？」

「好像是這樣啦……」

「那妳結婚就好啦～」

「隨、隨便買個婚戒戴在手上不行嗎？」

深月試圖岔開話題，明美馬上指責：「怎麼可以抱持這種曖昧的態度！」
「桐谷先生那麼帥，他身邊說不定也有跟蹤狂，盡早登記不是比較好嗎？雖然現在結婚的形式這麼多元，但法律上的婚姻關係還是比較有利啊。」
「總之，我覺得妳還是要先告訴桐谷先生這個狀況才行喔～」
「嗯，我知道……」
面對為自己擔心的明美和陽菜，深月老實地點點頭。
桐谷也這樣說過：「如果有什麼煩惱，請和我商量。」
「不過……還是等我自己能做的事情都做完再說好了。」
深月認真地這麼說，明美反問：「能做的事是什麼？」
「就像明美說的，我先去和上司交涉，要求替換負責人。當然，他是我的顧客，我應該要負責支援到最後……但是，照這樣下去，我反而會成為阻礙，顧客也會走上錯誤的方向。」
畢竟自己已經不是什麼都靠別人的小孩了。
雖然成為婚顧的資歷尚淺，但畢竟都快三十歲了，身為社會人士的經歷好歹也有七年。自己能做了斷的部分，還是要自己來。
而且，深月不想讓桐谷擔心。正因為他一定會為自己擔心，所以……
「嗯，我覺得這樣很好。」

「加油～結束之後，我們來開慰勞派對～」

明美和陽菜都持贊成意見。

（在桐谷知道之前，要好好處理完這件事……）

想到這裡，深月決定明天早上就去和出差回來的上司商量。

就在她下定決心的時候——

發生了讓深月危機感暴增的事件。

◆◆◆

那天下班後。

深月離開公司，像往常一樣走路回家，正要過十字路口的時候——

「呀——」背後傳來叫聲，深月回過頭看。

斑馬線的對面，一名女子坐在地上。

看樣子是被附近突然從樹上飛下來的烏鴉嚇到，所以跌倒了。

不知道有沒有怎麼樣？深月想看看對方的狀況，卻嚇了一跳。

那個男會員就在跌倒的女子身邊。

女子膝蓋擦傷，男會員正把手帕遞給她。然而，和深月眼神相對的瞬間，他馬上低下頭，匆匆忙忙逃也似地離開現場。

（該、該不會……是在跟蹤我吧？）

深月覺得渾身血液倒流。

因為實在太可怕，於是加快回家的腳步，每隔數十公尺就會回頭查看。好不容易到家，深月連找鑰匙的時間都感到焦躁，直接按了家裡的電鈴。

數秒後，大門打開，桐谷從屋內探出頭。

「歡迎回家，深月小姐。怎麼了嗎？妳忘記帶鑰匙——哇！」

深月抓著桐谷的手臂衝進屋內。

桐谷雖然吃驚，但也馬上接受現狀，立刻喀嚓一聲鎖上大門。

接著溫柔地拍拍深月的背。

「……發生什麼事了對吧？」

「嗯……對……」

「被跟蹤了嗎？」

「嗯，沒錯……等等，你為什麼會知道？」

深月覺得疑惑，當下馬上和桐谷拉開距離。

桐谷一副什麼都不知道的樣子聳了聳肩。

「為什麼？妳覺得我是什麼人？我可是魔法師耶。」

「呃，該不會是用水晶球看到的吧？」

「不對，我的房間裡沒有那種東西。」

「你房間裡有很多東西，所以可能是我漏看了，說不定是放在衣櫃裡……」

「是小讓啦。」

「咦？」

「那傢伙在深月小姐周遭監視。」

「剛才十字路口那裡突然飛下來的烏鴉該不會是……」

「一定是小讓啦。最近深月小姐不太對勁，我就拜託他跟著妳，所以我大概知道深月小姐是因為什麼事感到困擾。」

「呃，所以……」

「有男性顧客在追求妳，對吧？」

「……對。」

深月老實招認。看樣子桐谷早就知道了，既然如此，現在再怎麼掩飾也沒用了。

「是說，這樣不就連你都變成跟蹤狂了……」

「這我不否認，畢竟我一直都在監視深月小姐。關於這件事，很抱歉，我願意道歉，但是啊……」

桐谷先低頭認錯，但一直瞪著深月。

然後一張臉突然朝深月逼近。

深月步步後退試圖逃跑，但畢竟是在走廊上，馬上就被逼到牆邊了。

「深月小姐沒有和我商量也有錯。」

「那、那是因為……我不想讓你擔心……」

「妳不說我更擔心。」

「……對不起。」

深月覺得桐谷說得沒錯。

雖然在心裡祈禱狀況會改善，選擇什麼都不說，但是結果不要說改善了，反而還更加惡化，所以深月真的百口莫辯。應該要早一點和桐谷商量的。

「下次要早一點告訴我喔。好，既然現在已經共享資訊了，我有事情想和深月小姐商量。」

「好，你說。什麼事？」

「讓深月小姐困擾的這件事，要不要我來幫忙？」

「可以……嗎？」

一瞬間，深月腦海裡出現明美和陽菜說過的「結婚」兩個字。

然而，桐谷的提議並不是這個。

「我來想辦法讓對方乾脆地放棄吧！」

「想辦法？用魔法嗎？」

「總之，妳只要給我很多力量，我就會努力解決。」

桐谷露出笑容這樣提議。

話雖如此，深月也不知道該怎麼做。

「很多力量是指便利商店的甜點一年份之類的嗎？」

「這也很吸引人啦。不過，硬要說的話，我想要妳的信任。」

「信任……就算你這樣說我也……」

要怎麼樣給他信任呢？深月很苦惱。

信任——就是相信對方。

這可不是輕輕鬆鬆就能產生的概念，畢竟是肉眼看不見的東西。

需要花時間培養。

沒有花時間培養的話，就做不到——

「我不知道這樣行不行……」

說完，深月伸手擁抱桐谷。

就這樣用力抱著他。

「……擁抱嗎？」

耳邊傳來桐谷困惑的聲音。

像是在說「該不會這樣就結束了吧？」一副撲了個空的樣子。

然而，這對深月來說，已經是盡力了。

年齡稍長的從容，現在可沒有那種東西，一定是被忘在什麼地方了。

「我、我啊！我可是傳統的大和撫子！」

……大概是因為這樣吧。

大概是因為這樣才會說出這種奇怪的話。

「深月小姐是……大和撫子呢。嗯，沒錯。」

「對吧？所、所以啊，如果不是我信任的人，我才不會抱呢！」

深月大喊的那一瞬間，桐谷噗一聲笑了出來。

同時他也伸出手臂擁抱深月，讓深月全身僵硬。

「我本來期待妳會親個臉頰。不過，可以等下一次有機會的時候再說，現在這樣就夠了。」

鬆開手的桐谷，看起來很開心。

他露出一副「已經充滿魔力」的滿足表情。

那張臉再度靠近滿臉通紅又全身僵硬的深月。

接著他把嘴唇靠在深月耳邊，像是在訴說誓言似地低語。

「我會賭上未婚夫的名義……好好加油。敬請期待！」

——「妳可以再忍耐一下嗎？」

桐谷這樣說之後，深月便決定放棄隔天和上司商量的事。

桐谷認為，既然對方都已經開始跟蹤了，就算換負責人，他還是會繼續糾纏。深月也認同這個看法。昨天回家時的那件事，讓深月覺得情況已經比當初和明美、陽菜商量時更嚴重。

——「我們用對妳最好的方法解決吧。如果要做到這一點，就必須等待最佳時機。要是有危險，我會馬上去救妳，所以請妳相信我，一定要等到最佳時機。」

深月決定相信桐谷堅定有力的這句話，靜待最佳時機。

然而，當天、隔天、再隔一天，那位男會員都跑來深月工作的地方。

可能是因為回家路上被發現，所以現在比較謹慎自愛……雖然深月心裡這樣期待，但如果對方是懂得自愛的人，早就會察覺氣氛，努力和會員相親了。

而且他對自己疑似跟蹤深月的行為，也裝作一副什麼都不知道的樣子。

因此，深月甚至以為是自己誤會了。然而，當深月在回家路上把這個想法告訴擔任護衛的小讓時，小讓用烏鴉的叫聲大喊：「笨蛋！」看來那真的不是誤會。

順帶一提，對方仍然接連好幾天持續寄信來。真的很恐怖。

深月已經完全失去朝氣，也不再期待狀況會有所改善了。

（雖然桐谷要我相信他，再等一下，但是……但是……）

到底還要等多久？

而且，在那之後，桐谷也沒有特別做什麼。

既然沒有特別做什麼，那麼男會員的行為沒有改變也是理所當然。

（明明就說了「我會賭上未婚夫的名義」這種耍帥的話……害我還期待了一下……）

想到這裡，深月突然覺得自己怎麼那麼自私自利。

畢竟只是給了桐谷一個擁抱而已。

光靠一個擁抱就能解決事情，那才真的是奇蹟吧。如果有人問：妳的擁抱有那樣的價值嗎？深月大概會認真地道歉。

（果然還是要自己想辦法解決。看時機找上司商量，如果發生什麼關鍵性的事件，該出面的時候還是要自己出面——）

就在想到這裡的時候，那位男會員又來了。不知道為什麼，他穿著比平時更正式的服裝。

然而，時鐘顯示再過不久就是下班時間。

「高山小姐，妳好。」

「你、你好……」

「啊，快到下班時間了呢！而且今天剛好是聖誕夜。」

對方提到這個話題，讓深月寒毛直豎。

因為眼前的這個男子，讓自己完全忘記時間的流逝，不過今天的確是二十四日，也就是聖誕夜。

強忍住脫口說出「所以你想怎麼樣？」的衝動。

不過，深月開始覺得，說不定直接說出來還比較好。

只有自己能保護自己，想要靠桐谷——靠別人幫助是不對的。

畢竟深月一直以來都只依靠自己。

不依靠任何人，工作或遇到問題時，都自己想辦法解決。

無論這些問題累積多少，無論是不是連別人的問題都一起煩惱，就算累到內心崩潰，深月還是自己想辦法解決。

所以這次也得自己想辦法才行。

……得自己想辦法才行啊。就算覺得很恐怖，自己也沒有任何人能依靠。

「話說，我知道有一間不錯的餐廳，妳之後有約嗎——」

「沒有，那個，很抱歉，我——」

此時，深月腦袋一片空白。

因為諮詢室的入口處，站著一名絕世美男。

「啊，抱歉。深月，妳還沒下班啊？」

帥哥喊著深月的名字，然後微微一笑。

穿著有品味的灰色西裝搭配黑色大衣的他，戴著知性的眼鏡，莫名充滿魅力地直喊深月的名字，此外他的髮型整理得很乾淨，沒有一根頭髮亂翹——不過，這個人怎麼看都是桐谷。

深月感到慌亂，身邊的男會員也因為這名闖入者的出現而感到混亂。「他、他是誰？妳認識他嗎？」男會員急忙問深月。

「呃、那個，他是——」

「你好，我是深月的丈夫。」

未來的丈夫。桐谷像是剛才忘記說似地，在後面補了一句。

從他背後可以看到同事們都往諮詢室這裡偷看。

突然出現的大帥哥自稱是深月的丈夫，大家都忘記已經快要下班這件事，變得熱鬧起來。

「我等妳工作結束再一起回家。」

「嗯，好……」

「抱歉，打擾你們諮詢了。那我先離開。」

「高山小姐……妳已經結婚了嗎？」

打斷桐谷乾脆俐落的問好，男會員插嘴這麼說。

在深月回答之前，桐谷補充說：「不是的，我們只是訂婚而已。」

他露出「交給我吧」的眼神，所以深月決定繼續觀察情況。

「我們還沒有結婚，所以彼此說好先不公布，不過我們已經開始規劃具體的時間，應該最近就會正式成為夫妻了。對吧？深月。」

「呃，啊……對啊！就、就是這樣！」

「原來、原來如此……原來是這樣啊……」

男會員低著頭，微微發抖。

……要是他惱羞成怒怎麼辦？深月挺直腰桿。

總之，離他最近的桐谷會有危險，所以要做好隨時都能把對方撞飛的準備才能救桐谷……正當深月認真在思考對策的時候——

「……婚約有可能取消嗎？」

男子說出令人難以想像的言論，讓深月忍不住喊了一聲：「咦？」

在周圍看著的工作人員也張大嘴巴瞬間凍結。

只有桐谷一副沒事的樣子。

「你、你看，就算有婚約，但也有可能心裡不滿，彼此並不相愛啊……如果你們之間有裂痕，就算結婚早晚也會離婚。所以，高山小姐不會幸福的。」

男子一鼓作氣說完，深月瞬間僵住。

她並不是害怕這串宛如詛咒的言論。

只是突然想到一件事。

雖然不知道桐谷的感受如何，但就現狀來看，深月對桐谷沒有任何不滿。

不過，「彼此並不相愛」這個部分，正是深月現在的煩惱。她尤其煩惱桐谷對自己的心意。

「也就是說，如果你沒辦法給高山小姐幸福，那就請你馬上和高山小姐分手，這樣我就能取而代之，讓高山小姐幸福——」

「這就不勞你費心了。」

桐谷打斷男子亂七八糟的言論，原本低著頭的深月聽到桐谷的聲音，也驚訝地抬起頭。

桐谷緊緊摟著深月的肩膀。

接著，在周遭人提心吊膽的狀態下，他對著茫然的男子這麼說：

「打著燈籠都找不到比我更能讓深月幸福的人。」

這樣威風凜凜的宣言，頓時讓時間停止流動。

深月和那名男子、周遭的人們都像被施了魔法一樣僵住。

每個人都滿臉通紅，但深月的臉最紅。

桐谷的發言就是這麼有衝擊性。沒想到桐谷竟然會在眾目睽睽之下說這種話……

「……我都這麼說了，你應該能了解我們的感情是認真的吧？」

桐谷開玩笑似地邊笑邊說，打破眾人的沉默。

滿臉通紅的深月也因此回神。

擔心男子對桐谷這番話的反應。

對方可能會說出更激烈的話，甚至演變成暴力事件。如果是這樣的話，桐谷就真的危險了，我得幫他才行——正當深月做好準備時——

「……真的很抱歉。」

男子低頭深深鞠躬。

為了保護桐谷，深月已經準備好要撞飛對方，但在最後一刻收了手。

擠出聲音提問：

「呃……那個……你到底是為了什麼道歉……」

「為我對您未婚夫失禮的發言，還有我對高山小姐的行為道歉。我以為高山小姐沒有婚約，所以一時得意過頭經常來找妳、寄信給妳……真的很抱歉。」

男子低頭鞠躬道歉的樣子，讓深月再度腦筋一片空白。

現在到底是什麼情況？她的腦袋完全跟不上。

「因為沒有其他人會像高山小姐這樣願意聽我說話……所以我就誤會了。不過，既然妳已經有這麼棒的未婚夫，而且彼此相愛，那我就沒有機會了……應該是說，大家果然還是喜歡帥哥……」

男子有些哭腔。

對方清楚說出「彼此相愛」這個詞，深月再度滿臉通紅。

不過，同時也覺得不安，感覺話題的走向越來越奇怪了……

這樣沒問題嗎？深月望向桐谷。

他從容的表情像是在說：「狀況看起來很好，很順利啊！」

「像我這樣的人，臉蛋和年收入都低於平均值，有可能喜歡我的高山小姐都已經預計要結婚，而且我又一直都是單身。像我這樣的人，這輩子都不可能和誰結婚了！」

男子像是在吐苦水似地大喊。

……糟了，再這樣下去，男子大概會自暴自棄。

焦慮的深月正打算說話時——

「不會的。」

桐谷這樣說。

他態度坦然，就像剛才說出愛的宣言那樣，一副理所當然的樣子。

「你、你憑什麼這樣說！像你這樣的帥哥，根本就不懂我的苦——」

「我懂啊。」

桐谷這麼一說，聲音沙啞的男子便沉默下來，接著說了一句：

「我聽說你是很溫柔的人。」

然後溫和地微笑。

那天真的笑容似乎排掉了男子渾身的毒氣。

連看熱鬧的同事都不禁嘆息。

在這樣的狀況下，男子驚訝地詢問桐谷。

「……你聽誰說的？高山小姐嗎？」

深月也一副「對啊，聽誰說？」的樣子。用眼神問桐谷：不是我吧？

「這個嘛……」

桐谷看著窗外思考。

不是吧？該不會是現在才要想吧？深月心裡直冒冷汗。

然而，桐谷充滿自信地點了個頭。

「如果你覺得我只是在安慰你才隨便說說的話，現在請立刻到車站去。途中你就會知道，我沒有騙你了。」

桐谷還對男子強調地說：「去吧！」

男子用可疑的眼光看著桐谷一會兒，彷彿要看穿桐谷這句話是否出自真心。

不過，他再怎麼想都沒辦法證實，只好放棄了。

「……我知道了。」

說完這句話，男子就離開諮詢室。

深月望向窗外，馬上就看到男子往車站方向走去，視線裡出現一隻又黑又大的鳥飛過。

（咦？剛才那是……）

剛好就在這個時候，彷彿刻意打斷思考似地到了下班時間。

「欸，高山小姐！妳結婚要告訴我啊！」

「而且還找到這麼帥的帥哥！人家還說了這麼熱情的話，連我都小鹿亂撞了～」

「我還想說妳最近怎麼紅光滿面，原來如此、原來如此……」

「啊哈哈……」被同事們調侃，深月只能笑著帶過。

最後同事們還說：「今天是聖誕夜欸！」、「不能讓未婚夫乾等！」把深月趕出公司。

聖誕快樂～在大家的祝福聲中，深月和桐谷一起離開公司。

「……真是幫了我一個大忙。桐谷，謝謝你。」

往旁邊一看，桐谷知性眼鏡後的眼睛瞇成一條線。

看樣子，這是沒有度數的裝飾用眼鏡，不過真的很適合他，感覺就連聖誕老公公的衣服穿在他身上都會很好看。

「是說，桐谷，剛才那是什麼意思？」

「妳是說叫他去車站的事嗎？」

嗯。深月不安地點點頭。

順利迴避一場戰爭而且平安離開公司的深月鬆了一口氣，但事情還沒有完全結束。之後那個男會員會怎麼樣呢？

按照他的狀況不同，事情也有可能會變得更嚴重。

「深月小姐真是愛操心。我雖然沒辦法像太郎那樣，但是百聞不如一見——比起我口頭解釋，不如讓妳親眼看看。所以……」

走吧！桐谷說完便伸出手臂。

「……不是牽手啊？」

「我想說穿成這樣的話，挽著手臂比牽手更合適。妳比較想牽手嗎？」

「不、不是啦，這樣也可以啦！」

深月為了掩飾自己的害羞，用力抓牢桐谷的手臂。

她就這樣和一臉滿足的他一起朝車站的方向走去。

男子離開諮詢室後，在同事們的雞婆下，深月他們不到五分鐘也跟著離開公司。
深月加快步伐跟上桐谷的腳步，不久就來到前幾天小讓突然飛下來的十字路口。
那名男會員就在那裡。
但是，他並非獨自一人，他身邊還有一名年輕女性。
「……咦？她好像是……」
深月在停下腳步的桐谷身旁喃喃自語。
和男會員在一起的人，就是前幾天在十字路口被小讓嚇到跌倒的女子。
那名女子正在向男會員搭話。
她的服裝被大衣蓋住看不出來，不過髮型很漂亮，看起來是剛在理髮院整理過。
她手上還提著包裝得很精緻的紙袋。
「『那個，前幾天我跌倒時你幫過我。謝謝你。』、『啊，妳是那個時候的……沒有受傷吧？』、『嗯。所以我想把手帕還給你……還有，這個是不成敬意的小禮物。』、『妳太多禮了，不必這麼客氣的。』、『哪裡，我怎麼能知恩不報……而且，我一直想著你。』、『咦？我嗎？』、『對啊，我覺得你很溫柔，那天之後我就一直難以忘懷。』、『那等一下要不要一起吃個晚餐？』、『嗯，當然好！』——差不多是這樣吧……真肉麻……」
小讓不知道從哪裡飛過來，停在有燈泡裝飾的樹枝上，刻意一字不漏地交代那對男女的對話。

因此，深月和桐谷也了解他們的狀況了。

不過，小讓的報告加太多戲，有點演過頭了。最後他還因為自己演過頭而覺得噁心，那個樣子就像在演獨角戲一樣奇怪。

「好、好厲害，竟然就這樣閃電媒合了……不過，桐谷，你們怎麼知道那個女人會在這裡？」

「當然是因為本大爺看到了啊！」

小讓得意洋洋，挺胸挺到天邊。

「那位小姐好像因為那傢伙遞給她手帕，覺得他是命中注定的人。那天之後她每天都到這裡來……然後，今天白天是她朋友的婚禮。」

「而且，那個男人以為深月小姐會答應邀約，所以早就訂好今晚的餐廳。」

桐谷這樣說，深月才理解那位男會員為什麼穿著和平常不同的服裝。

如果是預約聖誕夜晚餐的餐廳，穿那樣正式的衣服剛剛好。而且，那位小姐也……

「如果今晚他們兩個人相遇，就能直接去吃晚餐，這就是安排好的『命中注定』的絕佳時機。所以，我叫小讓在那位小姐出現的時候，到深月小姐的公司通知我，然後再由我把男會員送過去……就是這樣。」

原來如此，深月終於懂了。

看樣子桐谷並不是瞎猜，也不是隨便亂說。剛才視線範圍內出現的黑鳥，果然是小讓。

「沒有告訴深月小姐要等到什麼時候，真是抱歉，因為那位先生一直沒決定餐廳的預約日。」

「所以有可能是今天、明天或者新年之前？」

「嗯，就是這樣。他好像在觀察深月小姐的狀況，不過他果然選了絕佳的時間點。這樣就能和那位小姐接觸了。桐谷這樣補充。

一邊聽著桐谷說明，深月一邊望著十字路口的那對男女。

「原來那位小姐對我們的會員先生有好感啊！」

「好像是這樣喔。那位先生是一旦動了心思就會看不見周遭的類型，所以他只注意到深月小姐，沒有發現身邊的邂逅。因此，小讓這幾天不時模仿人聲或者丟下物品，努力想讓他們兩個人接觸。」

深月望向小讓的時候，他害羞地把頭轉向後面。

「……我的目標是嚇到深月的傢伙，結果沒想到間接讓那位小姐受傷。我想說可以補償她……這樣可以吧？」

完全不知道小讓是在徵求誰的同意。

桐谷一臉若無其事的樣子，沒有開口說話，所以深月代替他回答。

「那位小姐看起來很開心，你就像丘比特一樣，我覺得很好啊。」

「……我的羽毛很黑耶。」

「至少跟我比起來，你更像丘比特啊。嗚嗚，明明我才是婚顧專員……」

沒有幫人牽到姻緣就算了，竟然在不是出自個人意願的狀況下，耽誤了男會員的姻緣。重新審視這件事，就像在告訴自己她不適合這個職業一樣，讓深月不得不感到沮喪。

「深月小姐，不要那麼失落。」

桐谷鼓勵著低下頭的深月。

「這也是因為深月小姐才能產生的緣分啊。」

「那和我的工作又沒有關係……」

「那就下次再接再厲囉！」

桐谷蹲下來，由下往上看著深月的臉。

「雖然看起來氣氛很好，不過按照那位先生的個性，或許還會再來找深月小姐諮詢。屆時就是諮詢和那位小姐的戀愛問題，到時候深月小姐就可以拿出婚顧專員的專業來幫他了啊。」

「……會有那個時候嗎？」

「狀況好的魔法師，預言通常會成真喔！」

「咦？真的假的，好厲害！」

「我之前說過，魔法是一種奇蹟，除了『看得見的奇蹟』之外，還有『看不見的奇蹟』，妳還記得嗎？」

「啊～嗯，我記得你有說過，好像是可以操控命運的紅線之類的。」

「我現在就可以看到命運的紅線。」

桐谷若無其事地這麼說，讓深月咦了一聲。

「看、看得見命運的紅線？你該不會操控了他們兩個人的紅線吧？」

「沒有沒有。為了毫無交集的人消耗大量魔力，我可不幹。」

這的確是桐谷會說的話。

這就是太郎說他冷漠的原因吧？

深月突然對桐谷這句話產生一個疑問。

「……那你曾經操控過自己的紅線嗎？你干涉過自己和別人的命運或姻緣嗎？」

聽到這個問題，原本多話的桐谷突然陷入沉默。

彷彿答案是「YES」似的。

「……桐谷？桐谷君？那個，為什麼要轉移視線啊……小充？」

「深月小姐，叫名字就犯規了啦……」

「誰教你要轉移話題。」

「……有啦。我有操控過姻緣，也干涉過命運。」

「啊，果然有啊！」

「但是，我不能再多說了。」

桐谷把頭轉向另一邊。

他今天的穿著很成熟，但反應很像小孩子，深月不禁噗哧一笑。

因為他的形象和行為落差太大，讓深月覺得他很可愛。

「總、總之……他們那是本來就應該結的緣，所以深月小姐不用再擔心了。如果又發生一樣的事，我會想辦法解決的，所以……」

「所以？」

「……妳就好好依靠我吧！」

桐谷的這句話，讓深月瞬間停止思考。

因為她腦海裡浮現一個光景。

（咦？剛才那是……什麼啊……？是之前……不對，應該是更早以前——）

「好，深月小姐，我們回家吧。在這種地方待太久會感冒的，而且今天是聖誕夜呢。」

「啊，說到這個，今天對大眾來說是個重要的日子。」

出社會之後的聖誕夜大多都在工作，如果是假日的話，頂多只會和明美、陽菜一起開個女子派對。所以街上歡樂的氣氛，對深月來說就像另一個世界一樣。

看到深月一副事不關己的反應，桐谷目瞪口呆地聳肩說：「妳在說什麼啊？」

「我們家也準備好要過聖誕節了喔！」

「咦？什麼時候？」

「深月小姐在工作的時候。太郎在等我們，趕快回家吧！」

說完，桐谷像剛才那樣伸出手臂。

深月挽著他的手臂，他才開始慢慢往前走。

一回頭，十字路口的那對男女也正要前往預約的餐廳。

看到這一幕的深月覺得很開心，不自覺地拉近和桐谷的距離。

回到家一看，真的已經做好過聖誕節的準備。

桐谷不知道從哪裡弄來的，竟然連聖誕樹都有。太郎正在撥弄樹上垂掛的銀色吊飾，用一副「被發現了……」的害羞模樣出來迎接他們。

「那就開始吧！」

桐谷彈了一下手指。

屋內的燈關掉時，空中浮現圓球般的光。

屋內的大小雖然沒變，但擺設變得很西式。

白色的桌巾讓平常的餐桌擁有餐廳般的規格，原本空無一物的桌上，不知何時已經擺滿豪華的料理。數之不盡的餐盤中，連聖誕節的經典料理烤火雞都有。

「好厲害……今天一天就準備到這個程度……」

「呵呵呵，因為我是魔法師啊。而且深月小姐給我的力量都沒有用在跟蹤狂身上，所以就用在這裡了。」

「好像是耶，我本來以為你會用魔法解決的。」

「我可沒說我會用魔法解決。」

深月回想和桐谷之間的對話。

——「妳只要給我很多力量，我就會努力解決。」

他的確沒有說為了解決問題「需要魔力」或者「使用魔法」。

那我擁抱他到底是為什麼啊？不過，那些力量化成眼前的聖誕派對，所以也不算白費。

但是，真的好厲害喔……深月入座後一邊讚嘆。

「聖誕快樂，深月小姐。」

桐谷把香檳杯遞到眼前。

他的穿著讓深月目瞪口呆，不知道什麼時候他換上聖誕老公公的衣服了。

「等等，你這是……」

「聖誕老公公的衣服。」

「我知道啦，為什麼要換？」

「因為是聖誕節啊。」

「不是，這我知道啦……我是說，你的髮型又變回原來亂翹的鬈毛了耶。」

「髮型和衣服一樣，我都用魔法稍微改變了一下。」

「真的好方便喔……真的穿什麼都適合你耶……呵呵，哈哈哈。」

和西裝搭眼鏡一樣，桐谷連聖誕老公公的衣服穿起來都很好看。因為覺得很荒謬，深月不禁笑了出來。

待呼吸恢復平穩，深月接過香檳杯。

「嗯……聖誕快樂，桐谷。」

聖誕節過後幾天，深月的公司也開始了新年假期。

今天是最後一個工作日，之前那位男會員來到深月的諮詢室。

他的目的是赤裸裸的「戀愛諮詢」。

「高山小姐，我明年說不定就有好消息了。不過，在結婚之前，我會繼續保持會員的資格。」

「這樣啊，希望你們能順利結婚。」

「謝謝妳……不過，高山小姐的未婚夫真厲害耶。」

「咦？」

「聖誕夜那天，我本來以為他只是想趕我走，所以才要我『馬上往車站走』，結果我就真的遇到命中注定的人了。他好像算命仙，嚇了我一跳呢。」

「啊、啊哈哈，那只是碰巧而已啦……」

「不過，我覺得那天真的是奇蹟。請幫我向妳的未婚夫——不對，是未來的丈夫問好。這是我的賠禮。」

說完，男子在桌上放了一瓶用包裝布包起來的酒。

「那個，這是……」

「和高山小姐諮詢的時候，妳說過喜歡喝酒。那就祝妳新年快樂！」

男子留下新年問候便離開了。

「好像是很豪華的日本酒呢……嗯，也罷……」

看著男子離開的方向，深月笑了出來。

他不再有追求深月的舉動，也不再瘋狂寄信給深月。

一定是因為他找到屬於自己的緣分了。他的表情也顯得神采奕奕，所以應該已經不用擔心了。就像他說的，明年說不定就有好消息了。

「明年又多了一個新的期待。」

雖然曾經痛苦過，但那已經過去了。

深月感慨良多地回顧往事，然後在這天為今年一整年的工作做了完美的結尾。

◆◆◆

回到家，深月馬上告訴桐谷那位男會員的事情。

「這樣啊……哎呀，這都是託了我的福耶。對吧？」

桐谷比前幾天的小讓更志得意滿地說。

太郎也讓深月有這種感覺，果然老朋友都會有很像的地方。

「嗯，真的，都是託桐谷的福。」

這次的事情，讓深月覺得有桐谷在真好。

他沒有動用真正的魔法。

所以深月強烈感受到的不是身為魔法師的「他」，而是身為人類的「他」對自己的幫助。就像在暗夜裡回到家，家裡開著燈一樣，他總是能消除深月的不安。

正因為如此……深月才察覺到他的寶貴。

不知道是不是察覺到深月的心意，桐谷一臉正經。

「咦？深月小姐？好像有大量的魔力……流到我身上耶。」

「咦？是嗎？」

聽到桐谷這麼說，深月感到疑惑。

自己什麼都還沒說，也沒有給他任何東西。到底是為什麼？

「是啊，好像回到以前，全世界都──」

話說到一半，桐谷把臉整個埋到靠墊裡。

「咦？桐、桐谷？怎麼了？」

「抱歉……我剛才不小心笑出來了，不能讓妳看到……」

「不小心笑出來？為什麼？」

深月望向屋裡的太郎，用視線徵詢答案。

然而，他一副什麼都不知道的樣子離開客廳，黑色的尾巴像揮手一樣揮了揮便消失在走廊。

「呃……怎麼連太郎都這樣？為什麼？桐谷？」

「……深月小姐覺得魔力是什麼？」

桐谷繼續把臉埋在靠墊裡，用悶哼的聲音說話。

「是什麼……」

感謝。讚美。便利商店的甜點。ＯＫ繃。信任。擁抱。

原本以為這些都是零碎的小事，不過深月努力回想伴隨著這些小事萌生的感覺。回想桐谷為自己動用的魔法、回想桐谷說過的話、回想他追求的東西。這個世界以前給予他什麼，後來卻不再繼續提供了——

「……啊！」

深月想到一個東西，不禁大喊一聲。

望向桐谷時，他又把自己往靠墊裡埋得更深了。

不知道是不是錯覺，總覺得靠墊變大了，但看樣子應該不是。他用魔法把靠墊變大，藉此遮掩自己的臉。

「桐谷……」

「……是。」

「我們就結這個契約婚吧！」

聽到深月的提議，桐谷終於抬起頭。

魔法師的眼睛濕潤。

不知道是因為當下獲得很多魔力，還是因為深月的決心。

不對，應該兩件事都有影響，而不是僅限其中一項。

「好……請妳多多指教。」

說完就笑出來的魔法師，眼裡落下一滴眼淚。

尾聲✦完成簽約

魔力的流動漸趨和緩之後，桐谷和深月面對面就座，中間隔著一張桌子。
眼前的桌上有一張紙。
那張紙就是「婚姻契約書」。
看到那張紙，深月就想起和桐谷相遇的隔天，心裡受到的衝擊。
當時坐在和現在相同的位置，然後突然被桐谷要求結契約婚。
當時的深月因為頭腦混亂再加上自我厭惡，還有桐谷的說明太可疑，所以採用「訂婚」的方式延後簽約。
畢竟初次見面的男子自稱魔法師，又要求結契約婚，她沒有把人趕走，已經很需要懷疑自己的危機管理能力了。
不過，深月並沒有後悔當初的選擇。
如果當時把他趕走，就不會像現在這樣，重新面對那天早上拒絕簽名的契約書了。
「桐谷，我有時候會想起一件事。」

「嗯，想起什麼事？」

「三個月前的那個晚上……我拜託桐谷幫我實現的願望。」

深月一邊伸手握住靠魔法浮在空中的筆，一邊凝望著桐谷。

「當時我雖然已經睡糊塗了……不過我是不是說『我也想依靠別人』？」

聽到深月的答案，桐谷垂下眼簾，默默地點頭。

三個月前的深月總是被別人依靠，自己完全沒有可以依賴的對象，差一點就被壓力擊垮。

……當時應該已經快到極限了吧。

尤其是喝醉讓桐谷進來家裡那天，她已經呈現自暴自棄的狀態。因為在那樣的狀態下，才會讓陌生男子進來自己家裡。

但是，那個時候真的很想依靠別人。

想要有一個能依靠的人在身邊。想要擁有安心感。

沒想到，因為跟蹤事件讓深月回想起來。

因為桐谷說：「妳就好好依靠我吧！」

深月才想起，那就是自己的願望。

「『我也想依靠別人。想要有人可以依靠。』——這就是深月小姐那天晚上對我許的願。妳看，很可愛吧？」

桐谷這麼一說，深月就臉紅了。

沒想到自己竟然這樣暴露弱點，有機可乘也要有點限度啊！

「……雖然是說夢話，不過還好當時有許這個願。」

「如果妳是想要石油王的帳戶就換我頭痛了。」

「如果你實現這種願望，那我也很頭痛啊，這樣就完全無法安心了。所以，我覺得像現在這樣依靠桐谷的生活很好……」

說完，深月在契約書上寫下自己的名字。

寫在「桐谷充」旁邊的空格裡。

「……深月小姐。」

「是。」

「以後我會做更美味的餐點。」

「嗯，我很期待。」

「也會盡量改掉散漫的個性。」

「呃，這個應該是我要改才對……」

「我會讓妳幸福的。」

「我也是。」

「……妳已經發現魔力的真面目了吧？」

「大概吧。因為很不好意思，所以我就不說了。」

「以後我會讓妳說的。」

「你要先說才對吧？」

——「高山深月」。

簽好名的那一瞬間，契約書上的文字變成光芒浮了起來。

光芒纏繞著兩人的左手無名指，最後像戒指一樣變成圓環，瞬間發出強光——就消失了。

「這樣就完成契約了。」

「哇喔——好像變得比較輕盈，但又很沉重啊……」

深月看著無名指說出這樣的感想，桐谷苦笑著說：「到底是輕盈還是沉重啊？」

「啊，話說回來，之前那個男會員說要賠禮，所以送了一瓶酒。可以的話，要不要一起喝？慶祝我們的契約婚姻！」

「好啊，我剛好也想喝一杯，那就來喝吧！我今天不會像之前一樣暴走了！」

於是兩人打開用布包裝的酒瓶，那是知名酒廠的大吟釀日本酒。

因為是很美味的酒，所以一不小心就一杯接一杯地喝——但是這樣一定會醉。

「呵呵……真舒服……」

深月覺得輕飄飄的，只喝了一小杯就停手的桐谷提醒她：「妳喝太多了。」

深月第一次在桐谷面前喝酒喝到醉。

應該是說，她從來沒有在別人面前喝醉過。

「妳可不能醉到什麼都忘了喔，今天的事情一定要記得。」

桐谷擔心深月，遞上裝著水的玻璃杯。

那一瞬間，深月突然有種似曾相識的感覺。

（咦？這個狀況好像在哪裡遇過……是出手幫助桐谷的時候嗎？不對，不是……）

腦袋朦朦朧朧地思考著。

望向身邊的桐谷。

一直盯著桐谷的臉。

宛如星空般的眼睛，擔心地看著深月。

「深月小姐，妳沒事吧？」

「嗯……到底是在哪裡……」

「……看來得施個醒酒的魔法了。」

說完，桐谷把手靠在深月的額頭上。

一瞬間，感覺眼前閃了一道光，深月突然張大眼睛。

「……啊，我想起來了。」

看見突然脫口而出的深月，桐谷一副很不可思議的樣子。

「想起來什麼？」

「桐谷……我們以前見過面對吧？不是今年的夏天，而是更久以前……六年，不對，是七年前。」

深月剛出社會的時候，曾經有一次喝到酩酊大醉。

當時有個不知道從哪裡冒出來的男高中生幫了自己。

那個不可思議的高中生，宣稱自己會用魔法，他還送自己回家。

但是，早上醒來的時候他已經不在了。

因為喝醉所以完全不記得他的長相，也不知道他叫什麼名字，深月還以為是作夢，就這樣完全忘記這件事……

「……那個人該不會就是桐谷吧？」

就在深月這麼說的那一瞬間——

桐谷滿臉通紅。

「妳、妳想起來了啊……」

「咦？真的是你啊？是說，你一直都知道這件事嗎？」

「我知道。」桐谷低聲坦承。

之後，他還告訴深月一個她不知道的秘密。

「深月小姐幫助我的那天晚上——二十五歲生日那天，我動用了魔法。我用光剩下的所有魔力，想要實現『眼睛看不見的奇蹟』……我許願『要和深月小姐締結姻緣』。」

說完，桐谷緩緩低下頭。然後——

「我操控了妳命運的紅線。」

他擠出這句話。

「那、那我原本是應該要和別人在一起嗎？」

「不，不是的……因為深月小姐沒有對象……」

桐谷戰戰兢兢地抬起頭，難為情地移開視線。

雖然因為喝醉酒有點茫，但深月了解他的話之後覺得很無力。

「也就是說，桐谷如果沒有使用魔法，我就會孤老終生嗎？」

「對、對啊。所以，我想說至少我可以陪妳……對不起。」

「總覺得心情有點複雜，不過……」

「不過？」

「……現在我很感謝你這麼做。」

原本自己這一生都會一直孤獨一人。

雖然深月覺得這樣也不壞，但還是有點寂寞。

他的魔法改變了這一切。

他填滿了生活的空隙，讓自己完全感覺不到寂寞。所以，她除了感謝還是感謝。

「不過，我是沒關係，但是桐谷呢？這樣你不就改變了自己的對象嗎？」
「其實我也沒有。我也沒有命中注定的對象。」
「是喔……呵呵……」
聽到桐谷這句話鬆了一口氣，深月笑了出來。
如果是這樣的話，那就不用顧慮任何人，能夠和他繼續往前走了。
「可是，為什麼是我啊？」
「當時——我高中的時候，對人際關係感到疲乏……再也不想為任何人使用魔法了……」
深月想起桐谷以前曾經說過的話。
「所以看到和我一樣，疲於日常生活而喝得爛醉的深月小姐，實在沒辦法放著不管。」
「呃……當時真是給你添麻煩了……」
「哪裡，我們彼此彼此啦……而且我本來就是刻意給深月小姐添麻煩的……」
桐谷不好意思地抓了抓臉。
感覺接下來會開始兩個人的道歉大會。
「而且啊……我用魔法幫助深月小姐的時候，雖然妳幾乎沒有意識，但是一直向我道歉，然後拚命感謝我。」

深月露出苦笑。

雖然完全不記得當時的事情，但是喝醉給別人添麻煩的話，自己也會自然而然這樣反應。

「還有……」

「還有？還有其他的嗎？」

「深月小姐還為了我哭。」

「哭了？我嗎？」

深月目瞪口呆。

她一直以為自己絕對不會在別人面前哭。

別人哭沒關係。但是，自己在別人面前哭實在太難為情，所以從懂事以來，她就不喜歡在別人面前哭。

因此，深月有一瞬間無法相信桐谷說的話。

不過，說到這個……深月突然想起來。

七年前那天過後，隔天起床時，她的眼睛的確像哭過一樣腫。

「我只是當作轉換心情，所以說了自己的事情，結果深月小姐很認真聽，還說：你一定很難過、很痛苦吧！然後代替哭不出來的我痛哭流涕，連我看了都覺得很可憐。」

「真、真是讓你見笑了……」

「不會，託妳的福，我二十五歲時才會想到要為妳使用魔法。我只想到深月小姐，覺得『遇到妳真是太好了』。」

聽到桐谷笑著這麼說，感覺好像模模糊糊地浮現當時那個高中生的模樣。之前的確見過一面。

雖然那只是從無人的公園到家裡，非常短暫的一夜相逢。

「這樣啊……不過，現在的桐谷也覺得可以為我使用魔法嗎？」

「嗯，因為我喜歡深月小姐。」

桐谷毫不猶豫地這樣回答。

「所以，今天只是契約婚姻，下次會努力讓妳願意和我『結婚』的！」

「咦？啊……嗯……」

桐谷這句話，讓深月突然想起一件事。

對了！今天簽的只是和魔法師之間的婚姻「契約」。

和一般的結婚不一樣。可是……

（……我已經覺得，如果是桐谷的話，一般的結婚也沒關係耶。）

連命運的紅線都能看見的魔法師，似乎沒有察覺深月的心意。

明明就已經傳達了魔力的來源——「愛」。

「……真遲鈍。」

「咦？為什麼突然這麼說？」

「沒事～」

「怎麼這樣——」

極品帥哥用眼神尋求答案。

深月彷彿在逃避他的視線似地，把酒杯裡的酒喝光。

桐谷倒的酒可能有融入他的魔力。

甘甜溫和……又有種安心感……

深月嚐到這種幸福的味道。

國家圖書館出版品預行編目資料

一不小心就和魔法師契約結婚了①不可思議的丈夫&甜蜜的同居生活/三萩千夜著；涂紋凰譯. -- 初版.-- 臺北市：皇冠, 2021.3 面；公分. --（皇冠叢書；第4918種；Dear 1）
譯自：魔法使いと契約結婚 ふしぎな旦那様としあわせ同居生活

ISBN 978-957-33-3670-9（平裝）

861.57　　　　110001339

皇冠叢書第4918種

Dear 1

一不小心就和魔法師契約結婚了

①不可思議的丈夫&甜蜜的同居生活

魔法使いと契約結婚 ふしぎな旦那様としあわせ同居生活

作　　者—三萩千夜
譯　　者—涂紋凰
發 行 人—平雲
出版發行—皇冠文化出版有限公司
台北市敦化北路120巷50號
電話◎02-27168888
郵撥帳號◎15261516號
皇冠出版社(香港)有限公司
香港銅鑼灣道180號百樂商業中心
19字樓1903室
電話◎2529-1778　傳真◎2527-0904
總 編 輯—許婷婷
責任編輯—張懿祥
美術設計—單宇
著作完成日期—2019年
初版一刷日期—2021年3月

法律顧問—王惠光律師

讀者服務傳真專線◎02-27150507
電腦編號◎579001
ISBN◎978-957-33-3670-9
Printed in Taiwan
本書定價◎新台幣260元/港幣87元